The Essence of
Watercolour

Page 1: 가족
33×25cm
수채화는 순간을 포착해 표현하기에 완벽한 매체
이다.

△ 토스카나의 가을
30×30cm
수채화의 유기적인 색채와 겹쳐진 색조가 나무에
서 익어가는 살구에 생명력을 더한다.

종이 위의 마법, 수채화

세계적인 화가의 마스터 클래스에서 배우는 핵심 기법

Hazel Soan

헤이즐 손

방소연 옮김

muJintree
뮤진트리

차례

야생의 간격
25×102cm
수채화는 색을 부드럽게 섞어 사용하면
느낌을 풍부하게 표현할 수 있다.

수채화의 매력

수채화가 매력적인 이유는 분명하다. 아름다운 안료, 투명한 색깔, 색상을 가리키는 이국적인 이름들, 그리고 무궁무진하게 가능한 색의 혼합…. 수채화에는 이처럼 탁월한 장점들이 있다. 게다가 도구의 휴대가 간편하고, 물과 섞어 종이 위에 빠르게 그릴 수 있어 그림을 그리고 싶어 하는 누구에게나 실용적이기도 하다. 희미한 빛, 감미로운 어둠은 오직 수채화만이 표현할 수 있는 영역으로, 이는 만족스러운 매체로 작업하는 즐거움을 배가시킨다. 이 모든 장점들은 수채화라는 다재다능한 매체가 가진 고유한 특성이며, 수채화에 부여된 특별한 정체성이자 본질이다.

햇빛에 물든 회랑
35.5×51cm
수채화의 투명하고 빛나는 색조는 다른 매체에서는 표현하기 힘든 신비로운 빛을 더한다.

매혹적인 매체, 수채화

수채화는 그리면 그릴수록 감동을 받게 되는 매체다. 수채화 고유의 아름다움, 그 빛남, 광채, 안료가 주는 투명한 느낌… 이 모든 것들은 멋진 그림을 그리는 것 이상의 뭔가를 선사한다. 안료와 붓, 종이를 고르는 것 자체가 하나의 미적인 경험이다. 팔레트에서 색을 섞는 것은 즐거운 일이고, 붓칠에 따라 뭔가가 창조되는 것은 흥분을 안겨주고, 흘러내리듯 섞인 물감이 마르는 모습을 보는 것은 환상적이기까지 하다. 이 책을 쓰기 위해 종이 위에서 물감이 어떤 식으로 움직이는지 과학적인 조사를 하면서, 나는 한층 수채화에 빠지게 되었다. 수채화는 어떤 목적에든 완벽하게 부합하기에, 이렇게 저렇게 통제하려 하지 말고 자유롭게 사용할수록, 그리고 재료를 믿고 사용할수록 더 좋은 결과를 얻을 수 있다.

신발
51×51cm
신발 같은 일상의 평범한 사물조차 수채화로 그리면 특별한 것이 된다. 마치 마법 같지 않은가. 투명하고, 산뜻하고, 밝은 색상이 바로 수채화의 매력이다.

물감을 칠했으면 그대로 놔두자

여러 장점에도 불구하고, 수채화는 결코 호락호락한 매체가 아니다. 아무것도 그리지 않은 순백의 종이를 마주할 때 대부분은 두려움에 첫 붓질을 주저하게 되고, 동시에 아드레날린이 분비되면서 속이 울렁거리고 걱정이 커진다. 왜 그럴까?

유화나 아크릴화와는 달리 수채화는 동적인 매체다(물과 섞인 안료는 종이 위에서 흐른다). 그림을 그리는 사람이 항상 재료를 통제할 수 있는 것이 아니기 때문에 그림이 잘못될까 겁이 날 수도 있다. 하지만 일련의 시도가 종이 위에서 어떻게 진행되는지 이해하고 나면 곧바로 본인이 원하는 방향으로 모든 움직임을 조종할 수 있게 된다. 화가는 곧 완벽한 안료, 부드러운 붓, 촉감이 살아 있는 종이가 상호작용을 하여 멋진 그림을 완성한다는 사실을 믿게 될 것이며, 그 결과에 자신감이 충만해진다.

수채화를 그릴 때는 우물쭈물하지 말고 과감하고 단호해야 한다. 수채화에 관한 나의 원칙은 '물감을 칠했으면 그대로 놔두자'이다. 어떻게 그릴지 머릿속에서 먼저 생각한 후, 물감을 섞고 붓질을 했으면 물감이 종이 위에서 스스로 마법을 펼치도록 내버려두자. 이것이 바로 수채화의 핵심이고, 묘미다.

커다란 모자를 쓴 여인
15×15cm
색상의 자연스러운 섞임, 하이라이트를 표현하기 위해 아무것도 칠하지 않고 남겨둔 흰 부분, 불규칙한 붓 터치. 이 세 가지가 수채화에서 가장 많이 사용되는 특성이다.

모래성
13×18cm
수채화의 재미있는 효과 대부분은 붓이 종이를 떠난 후 일어난다.

놀라움의 연속

수채화는 종종 놀라움을 선사한다. 수채화는 과학이 아니다. 그리기를 시작했지만 결과는 예측불허다. 심지어 그 결과가 아무것도 아닐 때도 있다. 때로 화가가 원하는 것 이상의 결과가 나오기도 하지만 실패의 위험도 있다. 그리고 이것이야말로 우리를 흥분하게 한다. 이 책의 목적은 독자들로 하여금 수채화라는 놀라운 매체에 대해 더 알고 이해하게 함으로써 보다 자신감을 갖고 수채화를 그릴 수 있게 하는 것이다.

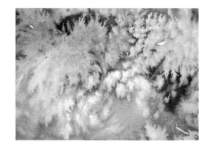

핀보스 잎
7.5×10cm
물감이 마르기 전에 붓질한 곳 위에 소금을 떨어뜨리면, 수분이 증발하면서 재미있는 패턴이 만들어진다.

수채화의 매력을 찾아가는 즐거움

나는 오랫동안 수채화를 그리면서 수채화가 어떻게 작용하고 반응하는지 이해하게 되었고 지금도 여전히 배우고 있다. 내가 이 매체를 완전히 정복할 수 있다고 믿진 않는다. 흰 종이를 마주할 때 내 속에서 아드레날린이 솟구치게 하는 것도 쉽지 않은 일이다. 내가 그린 거의 모든 것은 여전히 내게 실험이고 수채화에 대해 더 알게 되는 기회가 된다. 나는 수채화를 그릴 때 요구되는 고도의 집중력, 그림에 완전하게 빠져드는 행복감, 아름다운 색의 유혹, 손끝에 전달되는 감각적인 붓의 느낌, 텍스처가 살아 있는 섬세한 종이를 사랑한다. 팔레트에서 물감을 섞는 것이나 그림에 미세한 터치를 더하기 위해 최적의 순간을 기다리는 것도 그림을 그리는 것 못지않게 나를 흥분시킨다. 그림을 준비하고 그리는 과정 자체에서 느끼는 즐거움은 완성된 결과물보다 더 소중하다.

발레타Valetta 풍경
25×35.5cm
이 그림의 경우 붓칠을 더 하면 서로 다른 색이 바로 섞이면서 만들어내는 번지는 듯한 느낌을 망칠 수 있다. 그래서 원래 구상한 것의 시작 단계에 불과하더라도 여기서 멈추는 것이 낫다. 수채화는 너무나 역동적이고 신속하게 반응하기 때문에 어떤 단계에서 멈출지를 항상 염두에 두어야 한다.

수채화의 본질, 투명함

수채화에서 투명함은 가장 흥미로운 요소이다. 다양한 외국산 안료로 만들어진 수채화 물감을 물에 희석해 종이에 칠하면, 마치 무수한 색에서 흘러나오는 빛처럼 빛난다. 수채화 물감에는 수십 가지의 보석 같은 색상이 있고, 색상은 저마다 다른 투명함을 갖고 있다. 그리고 수채화용 종이의 흰색은 빛을 반사시키는 속성을 갖고 있어서 그 위를 덮는 색을 더욱 밝아 보이게 한다. 수채화 물감의 놀라운 다양성은 화가에게는 보물창고이기도 하지만 때로는 실수나 혼란을 초래하기도 한다. 이러한 수채화만의 속성들을 작업에 어떻게 활용할지를 알려주는 것이 이 장의 목적이다. 투명하게 표현하기 위해서는, 투명해져야 한다!

잠자는 사자
56×76cm
수채화의 투명한 특성이 그늘에서 낮잠을 자고 있는 암사자들에게 따뜻한 빛을 더해준다.

다채롭게 빛나는 수채화 물감의 안료

수채화 물감은 곱게 간 안료를 고착제 역할을 하는 아라비아 고무와 혼합해 만든 것이다. 아라비아 고무는 아프리카의 아카시아 수목에서 추출되는데, 물감에 물을 섞으면 고무 성분이 녹으면서 안료 입자들이 액체 상태의 물감에서 떠다니게 되고 종이 위에서 붓질에 따라 움직이며 색이 칠해지는 것이다. 이어서 수분이 증발되면 녹아 있던 고무 성분이 마르고, 이것이 안료가 종이 표면에 붙어 있도록 고착제 역할을 한다. 이 성분 덕택에 이미 칠한 색 위에 다른 색을 덧칠하더라도 밑에 칠해진 색을 손상시키지 않고 멋진 또 다른 색의 층layer을 만들어낼 수 있는 것이다. 빛이 안료의 층을 통과해 흰 종이에 부딪쳐 반사되면 매우 놀라운 분위기의 광채가 만들어진다. 어떤 안료들은 빛을 굴절시켜서 광채를 더한다.

팔레트에서도 수채화 색상의 투명함을 느낄 수 있다. 투명한 색상인 프러시안 블루Prussian Blue, 인디언 옐로Indian Yellow, 오레올린Aureolin, 퍼머넌트 로즈Permanent Rose, 그리고 윈저 바이올렛Winsor Violet이 서로 섞이면서 보다 풍부한 2차 색을 만들어내고 있다(수채화 물감의 색상 명칭은 제조사 별로 다를 수 있다. 저자가 이 책에서 예로 든 색상 명칭은 영국의 윈저 앤드 뉴턴Winsor & Newton 사에서 사용하는 이름이다—옮긴이).

투명하거나 불투명하거나

모든 수채화 물감은 물에 희석되면 투명해진다. 하지만 어떤 색상은 덜 투명하거나 물기를 적게 섞어 짙은 농도로 사용할 경우 불투명하기도 하다. 안료 자체가 투명한 것은 아무리 짙은 농도로 칠해도 투명하다. 투명한 안료는 밝고 깨끗하며 여러 번 덧칠을 해도 투명함을 유지한다. 투명한 안료끼리는 서로 섞여도 투명함을 잃지 않고, 진하게 사용하더라도 깊고 맑은 어두움을 표현할 수 있다.

불투명한 색상은 색조 자체가 강하고 선명해서 기존 색 위에 칠을 하면 밑의 색을 확실하게 가려버린다. 불투명한 색상은 한 번 칠한 부분에 밝은 느낌을 주거나 그림 전체의 색조 분위기를 바꾸고 싶을 때 사용할 수 있다. 불투명하기 때문에 밝은 색상을 어두운 부분 위에 짙은 농도로 덧칠하면 밑 색이 비치지 않고 가려져 그 부분을 다시 밝게 만들 수 있다. 불투명하기 때문에 다른 색과 섞이면 투명도를 떨어뜨리고, 덧칠해도 투명한 느낌을 감소시킨다. 그래서 잘못 사용하면 그림이 탁하고 답답해 보일 수 있다. 어떤 색상이 투명한지 불투명한지 알고 싶으면, 깨끗한 물에 물감을 조금 풀어보면 된다. 투명한 안료를 넣은 물은 약간의 색감만 더해질 뿐 여전히 투명한 물로 남아 있지만, 불투명한 안료는 깨끗한 물을 구름처럼 뿌옇게 만들어버린다.

△ 투명한 색상인 울트라마린 블루Ultramarine Blue, 퍼머넌트 로즈, 오레올린은 겹쳐 칠해도 투명함을 유지한다.

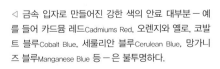

◁ 금속 입자로 만들어진 강한 색의 안료 대부분 ― 예를 들어 카드뮴 레드Cadmiums Red, 오렌지와 옐로, 코발트 블루Cobalt Blue, 세룰리안 블루Cerulean Blue, 망가니즈 블루Manganese Blue 등 ― 은 불투명하다.

밝음과 광채

광채를 내기 위해서는 반사된 빛의 반짝임이 필요하기 때문에 투명한 색상을 사용하는 것이 광채를 전달하기에 가장 적합하다. 불투명한 색상들, 특히 카드뮴 계열의 색상들은 색상 자체가 밝고 명도가 높기 때문에 가장 밝은 색조를 제공한다. 물에 희석된 상태에서는 모든 색이 투명하게 보이므로, 이미 마른 밑색 위에 덧칠을 하거나 물기가 남아있는 색을 물들일 때는 칠하는 색이 투명한지 불투명한지 확실히 알아야 한다. 좋은 품질의 전문가용 수채화 물감은 색상마다 투명 여부를 다음과 같이 표기하고 있으니 참고하면 편리하다. T(Transparent, 투명), ST(Semi Transparent, 반투명), SO(Semi Opaque, 반불투명), O(Opaque, 불투명).

▷ **승마 경기**
40.5×35.5cm
불투명한 색상인 카드뮴 레드, 오렌지, 옐로와 코발트 블루는 그림에 밝은 색조를 더해준다.

▽ **장미꽃**
15×20cm
연약한 장미에 투명한 색상인 인디안 옐로, 퍼머넌트 로즈, 프러시안 블루를 사용하여 광채의 느낌을 잘 표현했다.

색 겹쳐 칠하기

수채화를 그릴 때 투명한 색을 여러 번 겹쳐 칠하면 몇 개의 색만으로도 매우 풍부한 색조를 표현할 수 있다. 다른 색을 겹쳐 칠해보면 미묘하고 생동감이 느껴지는 2차, 3차 색이 만들어진다. 이렇게 하면 팔레트에서 물감을 섞었을 때보다 훨씬 더 빛나는 느낌이 난다.

물감에 섞는 물의 양이나 겹쳐서 칠하는 색상의 투명도에 따라 밑에 깔린 색이 얼마나 다르게 보이는지가 결정된다. 뿐만 아니라 같은 색상이라도 어떤 순서로 칠하느냐에 따라 결과가 달라진다. 예컨대 노란색 위에 파란색을 칠해 만들어진 녹색과 파란색 위에 노란색을 칠해 만들어진 녹색은 다른 색조를 띤다. 이런 차이는 불투명한 물감을 사용할 때 더욱 두드러지는데, 불투명한 색상이 색을 더 잘 가리기 때문이다.

야채수프 재료들
35.5×46cm
물감을 겹쳐 칠할 때 첫 번째 층의 밝기의 정도가 완성될 그림의 성공 여부에 큰 역할을 한다. 이 그림에서 사용한 색은 몇 개 안 되지만 덧칠을 함으로써 훨씬 풍부한 색조를 만들어 냈다.

무궁무진한 색조와 색깔

투명한 색으로 층을 만들면 그림 전체에 미묘하게 차이가 나는 다양한 색조와 색깔을 연출해 낼 수 있다. 한 부분을 칠한 후 그 부분을 다른 색으로 완벽하게 덮기는 거의 불가능하다. 어떤 부분은 다른 색으로 덧칠되지 않고 남겨지게 되는데, 바로 이런 부분들이 그림에 매력을 더해준다.

처음 칠한 색이 의도한 것보다 너무 약하게 보이더라도, 그 위에 덧칠할 때 처음 칠한 부분을 조금 남겨두는 것이 좋다. 그러면 첫 번째 칠이 더 살아난다.

얼룩지게 하기

많은 수채화 안료는 종이에 얼룩을 남기는데, 이 얼룩은 지워지지 않는다. 얼룩은 덧칠을 해도 그대로 남기 때문에 오히려 투명한 색조를 표현하기에 좋다. 얼룩이 생기는 색상은 ST라는 코드로 표시되는데, 근래에 오가닉 재료로 만든 색상이나 전통적인 안료로 만든 프러시안 블루, 알리자린 크림슨Alizarin Crimson, 오레올린, 퍼머넌트 로즈 같은 색상들이 그에 포함된다.

살아 숨 쉬는 산
10×20cm
얼룩이 생기는 프러시안 블루는 겹겹이 선 나지막한 산들이 원경으로 보이는 호숫가 풍경을 그리는 데 적합하다. 산을 묘사할 때 생긴 자연스러운 얼룩은 원경의 느낌을 강조해준다.

물감이 마르는 것 지켜보기

그림의 투명함을 살리기 위해서는 먼저 칠한 물감이 완전히 마른 후 덧칠을 해야 한다. 물감이 마르기를 기다리자면 많은 인내심이 필요한데, 이것을 강조하는 이유는 물감이 마르기 전에 손을 대면 그림이 손상되기 때문이다.

물감이 제대로 말랐는지 확인하는 가장 좋은 방법은, 종이의 표면이 햇빛을 받아 반짝이는 각도에서 종이를 살펴보는 것이다. 만약 종이가 아직 젖어 있다면 그 부분이 빛날 것이고, 완전히 말랐다면 광택이 안 날 것이다. 또한 종이가 약간 휘거나 부풀어 있다면 아직 마르고 있는 중인 것이다. 손으로 종이 표면을 만져서 말랐는지 확인하고 싶겠지만 참아야 한다. 만약 마르지 않았다면 물감 안료가 묻어나와 칠한 부분이 손상될 것이고, 설사 다 말랐다고 해도 손가락의 유분이 거꾸로 종이에 묻게 된다.

물감이 확실히 마를 때까지 느긋하게 충분히 기다리자. 수채화를 그리는 사람은 물감이 마르는 것을 지켜보는 것에 충분한 시간을 할애해야 한다.

낮잠
30×40.5cm
암사자의 머리 부분은 투명한 색상을 여러 번 칠해 완성되었다. 이전의 물감이 완전히 말랐을 때 옐로 오커Yellow Ochre와 프러시안 블루를 희석해 덧칠함으로써 이전 색상이 손상되지 않고 깨끗하게 마무리되었다.

투명함 유지하기

투명한 물감이라도 여러 번 덧칠을 하면 빛이 투과하지 못해 수채화의 투명함이 떨어진다. 그래서 때로는 여러 번 덧칠하는 것보다 팔레트에서 미리 색을 섞어 결단력 있게 한 번에 칠하는 것이 좋다. 묽은 농도의 수채화 물감을 여러 번 덧칠한다고 강하고 진한 톤이 만들어지는 것은 아니다. 이런 식의 덧칠은 색의 느낌을 깊게 해주기보다 오히려 색을 죽일 수 있다. 흰 도화지에 최초의 붓질만으로 만들어진 생동감 있는 투명함은 웨트 인 웨트wet-in-wet 기법에서 가장 잘 살아난다. 웨트 인 웨트 기법은 물감이 마르지 않은 상태에서 다른 색을 칠함으로써 자연스럽게 색이 섞이도록 하여 결국 종이 위에서는 하나의 물감 층으로 남게 하는 방식이다. 이 기법은 다음 장에서 보다 자세히 다룰 것이다.

리젠트 거리
30×30cm
이 그림은 웨트 인 웨트 기법을 사용한 것으로, 인디고Indigo, 세피아Sephia, 카드뮴 레드, 인디언 레드, 세룰리안 블루 등 모든 불투명한 안료들이 하나의 층에서 자연스럽게 섞여 생동감 있게 표현되었다.

빨강, 노랑, 그리고 파랑

그림을 그릴 때 몇 가지 색만 사용하는 것은 색에 대해 좀 더 깊이 배우고 색의 조화를 유지할 수 있는 가장 확실한 방법이다. 윈저 앤드 뉴턴 사의 수채화 물감에서 가장 기본이 되는 삼원색은 윈저 레몬Winsor Lemon(ST), 윈저 블루Winsor Blue(T), 퍼머넌트 로즈(T)이다. 이 삼원색은 두 개의 투명한 색과 한 개의 반투명한 색으로 이루어져 있는데, 세 가지 색을 섞어서 그림을 그리는 기준이 된다. 빨강, 파랑, 노랑에 해당하는 어떤 색이든 세 가지 색을 골라서 섞으면 무궁무진한 조합이 가능하다. 투명한 색상들을 겹쳐서 덧칠하거나 아예 팔레트에서 섞거나 하는 방식으로 다양한 색상을 만들 수 있다. 투명한 색상들을 과감하게 사용하는 것을 두려워하지 말자. 설사 지나치게 튀는 색이 만들어진다고 해도, 그 색에 대비되는 색을 아주 조금만 섞으면 금방 색을 가라앉힐 수 있다(예를 들어 지나치게 튀는 녹색은 색상환에서 반대편에 위치한 자주색을 조금만 섞어도 색조가 가라앉는다―옮긴이).

나만의 팔레트 색상 고르기

수채화에서 투명함을 지키기 위한 가장 확실한 방법은 투명한 색상만을 사용하는 것이다. 예를 들어, 불투명한 색상인 레몬 옐로Lemon Yellow(O)나 카드뮴 옐로Cadimum Yellow(O)를 사용했다면, 투명한 나뭇잎의 녹색을 만들기 위해서는 이들 대신에 투명한 색상인 오레올린(T)이나 인디언 옐로(T)를 사용하는 것이다. 불투명한 색상들은 일단 좀 아껴둬도 좋다. 나중에 웨트 인 웨트 기법으로 섞어서 사용할 수 있고, 하이라이트를 표현하기 위해 사용할 수도 있다. 그림을 그리기 위해서는 색에 익숙해져야 한다. 처음부터 너무 많은 색을 사용하려고 하지 말고, 12개 미만으로 한정해서 그 색에 대해 더 잘 알려고 노력하는 것이 중요하다.

우산 쓴 사람들
30×30cm
파랑, 빨강, 노랑 세 가지 색 ― 프러시안 블루(T), 카드뮴 레드(O), 로 엄버Raw Umber(T) ― 만으로 환상적인 색 조합을 만들었다. 경쾌한 검은색은 파랑색과 빨강색을 섞어 만든 것이다.

카푸트 모르툼 바이올렛(O)
Caput Mortuum Violet

퍼머넌트 모브(T)

울트라마린 바이올렛(T)
Ultramarine Violet

코발트 바이올렛(ST)
Cobalt Violet

웜 오렌지(T)
Warm Orange

카드뮴 오렌지(O)

만개한 꽃들
76×56cm
꽃은 색을 이해하는 데 도움이 되는 훌륭한 주제이다. 이 그림에서 투명한 웜 오렌지와 불투명한 카드뮴 오렌지를 비교해볼 수 있고, 다른 종류의 바이올렛 컬러들 — 카푸트 모르툼 바이올렛, 울트라마린 바이올렛, 코발트 바이올렛, 퍼머넌트 모브 — 을 시도해볼 수 있다.

거대한 하마
56×71cm
하마의 열기를 표현하기 위해 따뜻한 기운과 차가
운 기운의 빨간색을 함께 사용했고, 추가로 따뜻한
기운의 푸른색과 갈색도 사용했다. 여기에 사용된
색상은 카드뮴 레드, 알리자린 크림슨, 울트라마린
블루, 번트 엄버Burnt Umber 등이다.

꼬리를 휘날리며 달리는 흑멧돼지
23×30cm
프러시안 블루를 주로 사용해 그린 흑멧돼지는 앞
쪽의 하마보다 훨씬 차가운 색온도를 보여준다.

색의 온도

색상은 색온도에 따라서도 구분된다. 따뜻한 기운의 색은 색상환에서 빨간색 근처의 색들이며, 차가운 느낌을 주는 색은 빨간색의 반대편에 위치한 녹색이나 파란색 근처의 색들이다. 색은 색조와 색온도로도 분류될 수 있는데, 예를 들어 알리자린 크림슨은 빨강 색조이지만 미묘하게 푸른색 성향을 갖고 있기 때문에 차가운 빨강으로 간주되고, 울트라마린 블루는 빨간색쪽이기 때문에 따뜻한 파랑으로 분류된다. 색을 섞거나 겹쳐 칠할 때 밝고 선명한 색을 만들기 위해서는 같은 온도의 색들을 섞어야 한다. 예를 들어 선명한 오렌지 색상은 따뜻한 빨간색(카드뮴 레드)과 따뜻한 노란색(인디언 옐로)을 섞어 만들고, 선명한 녹색은 차가운 노란색(오레올린)과 차가운 파란색(프러시안 블루)을 함께 사용함으로써 만든다. 반대로 따뜻한 색과 차가운색을 섞으면 보다 섬세하고 투명한 색이 나온다. 차가운 색과 따뜻한 색을 섞는다는 것은 결국그 안에 삼원색이 어느 정도씩은 섞여 있다는 것을 의미한다. 이는 특히 나뭇잎의 녹색을 섞어만들 때 도움이 된다. 예를 들어 차가운 색인 프러시안 블루와 따뜻한 색인 번트 시에나를 섞으면 튀지 않으면서도 섬세하고 투명한 녹색이 만들어진다. 아래는 내가 자주 사용하는 색상들로 대부분은 투명한 색상이고, 기본 색상들에는 따뜻한 색과 차가운 색이 있다.

차가운 색	따뜻한 색
오레올린(T)	인디언 옐로(T)
알리자린 크림슨(T)	카드뮴 레드(O)
프러시안 블루(T)	울트라마린 블루(T)
퍼머넌트 로즈(T)	옐로 오커(SO)
윈저 바이올렛(T)	번트 시에나(T)
인디고(O)	로 엄버(T)
세피아(O)	번트 엄버(T)

처음에 나뭇잎 전체를 칠한 뒤,
나뭇잎의 잎맥 부분만 남기고 덧칠을 한다.

투명하게 겹쳐 칠하기

나뭇잎은 놔두고 주변을 덧칠함으로써
나뭇잎의 형태가 드러나도록 한다.

붓 자국을 겹치게 해서
꽃잎들을 자연스럽게 표현한다.

붓 자국을 겹치게 해서
잎과 줄기들을 표현한다.

연속적으로 붉은색을 겹쳐 칠하면서도
투명함을 유지하고 싶다면, 모던한
카본 안료를 쓰면 된다.

색의 혼합

수채화에서 색을 섞는 과정은 즐거운 작업이다. 두 가지 색이 만나서 합쳐지면 새로운 색이 만들어지고, 두 색 사이의 경계는 흐려진다. 색이 섞이는 것은 신비로움 그 자체다. 색을 칠하는 것은 사람이지만, 색이 섞이는 그 순간은 언제나 놀라움과 감탄이 뒤따른다.

바로 여기에 새로운 창조가 존재하는 것이다. 수채화에 활기를 부여하는 사람은 화가이지만, 수채화는 자신만의 생명력으로 놀라운 것들을 만들어낸다. 바로 이것이 수채화를 그토록 흥미롭고 창의적인 매체로 만드는 것이다.

생동감 있는 도시
23×30cm
다양한 색이 스펙트럼 순서에 따라 섞이면서 새로운 색과 그림자를 만들어냈다.

색 섞기

종이 위에서 수채화 물감을 섞는 방식을 웨트 인 웨트 기법이라고 한다. 서로 다른 안료가 섞이면서 아름다운 효과들이 만들어진다. 웨트 인 웨트 기법을 사용하기 전에, 우선 팔레트에서 물감이 물과 제대로 잘 섞여야 하는데, 이때 물기가 너무 많으면 안 된다. 처음 물감을 칠한 후 칠이 마르기 전에, 두 번째로 사용할 색을 처음 칠한 색 옆이나 아예 그 위에 덧칠한다. 이렇게 하면 종이 위에서 서로 다른 안료들이 섞이면서 새로운 효과를 만들어낸다.

△ 어린 사자들

56×76cm

옅게 칠한 옐로 오커와 프러시안 블루 위에 진한 농도의 번트 시에나Burnt Sienna와 윈저 바이올렛을 웨트 인 웨트 기법으로 덧칠하면 색이 번지면서 아름다운 효과가 만들어진다.

▽ 야생의 격돌

51×76cm

싸우고 있는 코끼리의 둥근 몸 선을 묘사하기 위해 거친 느낌의 카디 페이퍼(khadi paper, 인도산 수제 종이로 카다르 직물이 함유되어 거친 질감을 갖고 있다)에 로 엄버, 번트 엄버, 프러시안 블루를 섞어 사용했다. 어두운 부분은 물기를 거의 섞지 않은 윈저 바이올렛을 사용했다.

번짐 조절하기

웨트 인 웨트 기법을 시도했을 때 물리적으로 어떤 현상이 벌어지는지 살펴보자. 고착제에 붙어 있던 안료 입자들이 첫 번째 붓칠에서 물과 함께 퍼져나간다. 그리고 그 위에 다른 색을 칠하면 입자들이 섞이며 새로운 색이 만들어진다. 안료에 섞이는 물의 양에 따라 그 색이 다른 색 안으로 얼마나 들어가고, 얼마나 많이 섞이게 되는지가 결정된다. 물기가 많으면 안료 입자들은 멀리까지 갈 것이고, 물기가 부족하면 잘 섞이지 않는다. 바로 이것이 화가가 통제하고 조절할 수 있는 부분이다. 만약 서로 다른 색들이 종이 위에서 충분히 섞이게 하고 싶으면 물을 많이 사용하고, 색이 퍼지지 않게 하고 싶으면 물을 덜 섞으면 된다. 입자가 움직이는 거리는 그림을 그리는 사람이 물의 양으로 통제할 수 있다.

공격 자세의 치타
56×76cm

치타 몸체의 점을 그리기 위해. 밑색이 젖은 상태에서 세피아 색을 물에 섞지 않고 튜브에서 짜서 바로 붓에 묻혀 사용했다. 세피아 안료가 밑색의 수분을 흡수하면서 자연스럽게 종이 위에서 퍼지게 되는데, 이렇게 물을 섞지 않은 물감을 바로 겹쳐 칠함으로써 점들이 과도하게 번져 퍼지는 것을 막을 수 있다.

타이밍

타이밍은 수채화의 모든 것이라 해도 과언이 아니다. 처음 칠한 부분에 물기가 남아 있는데 그 위에 덧칠을 하면 멀리 퍼지게 된다. 반대로 거의 마른 부분에 덧칠을 하면 물감이 퍼지지 않는다. 안료의 입자는 마르기 시작하면 종이 표면에 균일하게 자리를 잡게 되고 종이에 고착된다. 따라서 일단 마른 후에는 더이상 색의 혼합이 일어나지 않는다. 그러나 물감이 마르기 전에 성급하게 안료 입자들을 건드리면, 칠한 부분에 얼룩이 생기거나 진흙탕처럼 엉망이 될 수 있다. 안료 입자를 픽셀이라고 상상해보자. 이 안료 입자들은 종이 위에 그냥 퍼져 있는 것 같지만 일정한 간격을 두고 깔끔하게 정렬해 있다. 그래서 입자들이 종이에 완전히 고착되기 전에 화가가 입자들을 건드리면 균일했던 간격이 무너져 뭉쳐지는 것이다.

◁ 자카나 새
20×28cm
새의 배 부분 아래쪽에 아주 진한 농도의 번트 시에나를 칠했다. 물기가 거의 없는 물감으로 칠을 하면 아직 덜 마른 밑색의 수분을 흡수하면서도 퍼지지 않고 거의 그대로 남아 있게 된다.

물감의 농도

색을 섞는 비법은 물감이 마르기 전에 최대한 빨리 색을 덧칠해 자연스럽게 섞이도록 하는 것과 덧칠할 색의 물의 양으로 퍼지는 거리를 조절하는 것에 있다.

첫 색을 칠하고 나면 종이 위에 수분이 남아 있기 때문에, 그 위에 덧칠을 할 때는 처음보다 적은 양의 물을 물감에 섞어야 한다. 처음 칠한 부분이 아직 마르지 않은 상태라면 보다 건조한 상태의 물감을 칠해야 한다. 그래야 이전에 칠한 부분의 수분을 흡수하면서 자연스럽게 섞일 수 있다.

만약 덧칠할 때 물을 너무 많이 사용하면, 이전에 칠한 부분에 수분이 남아 있기 때문에 안료 입자들이 거의 흐르다시피 하면서 멀리 퍼져버려 결국 백런Backrun 현상(38쪽 참조)이 생기게 된다. 반대로 물을 거의 사용하지 않고 덧칠을 하면, 물감이 밑색과 잘 섞이지 않는다. 이런 두 가지 상황은 화가가 신속하게 움직이면 대응할 수 있다. 물기가 많으면 물감을 더하고, 마른 상태면 물을 더하면 된다. 하지만 이 두 경우 모두 밑에 이미 자리 잡은 안료 입자들을 건드리지 말아야 하므로, 물이나 물감을 살짝 떨어뜨리거나 가벼운 붓 터치만으로 조절해야 한다.

▷ 빛 속에서의 움직임
51×63cm
수채화에서는 타이밍과 판단력이 중요하다. 피부색의 어두운 부분을 정교하게 표현하기 위해서는 처음 칠한 색이 아직 젖어 있는 상태에서 처음 색보다 더 진하고 어두운 색을 덧칠해야 한다. 그렇게 해야 처음 칠한 부분을 손상시키지 않고 한 번의 붓질로 그림을 완성할 수 있다.

습도

어떤 날도 습도나 온도가 완전히 똑같을 수는 없다. 따라서 물감을 칠하거나 색을 섞을 때 물을 어느 정도 섞어야 하는지를 과학적으로 정확히 설명하는 것은 불가능하다. 습도가 높고 눅눅하고 춥고 바람이 거의 없는 날은 해가 나고 따뜻하고 바람이 부는 날보다 물감이 마르는 데 더 많은 시간이 필요하다. 이렇게 수채화가 날씨에 민감한 재료이다 보니 영국인들이 수채화에 통달하게 된 것인지도 모르겠다. 하루 중 기온이 낮은 아침과 밤에는 수분이 증발하는 속도가 느려진다. 물론 수채화를 그릴 때 웨트 인 웨트 기법을 사용하는 것은 어떤 날씨, 어느 때라도 가능하다. 하지만 물감이 빨리 마르는 날에는 가능하면 평소보다 작은 크기의 종이에 그림을 빨리 그릴 수 있도록 준비하는 것이 좋다. 그렇다고 빨리 마르는 날 그리는 것이 더 어렵다는 말은 아니다. 빨리 붓질하고 빨리 판단할수록 최상의 수채화를 그릴 수 있다. 사용하는 종이의 종류도 물감의 건조 시간과 종이 위에서 통제할 수 있는 물의 양에 영향을 미친다. 거친 질감의 종이는 매끈한 종이보다 수분을 더 많이 머금고 천천히 마르는 경향이 있고, 두꺼운 종이에서는 얇은 종이에서보다 물감이 천천히 마른다. 그림을 그린다는 것은 어쩔 수 없이 계속 실패하고 시도하는 것이다. 물감이 마르는 데 시간이 얼마나 걸릴지는 직접 그려보기 전에는 알 수 없다. 그저 계속 연습하는 수밖에.

오카방고의 새벽
20×28cm
여기 세 개의 수채화는 각기 다른 습도의 환경에서 그려졌다. 각각의 그림에서 강변에 서 있는 나무들을 자세히 살펴보자. 안료가 퍼진 정도를 보면, 나무들이 웨트 인 웨트 기법으로 그려졌을 때 배경의 하늘이 어느 정도 촉촉했는지 알 수 있다. 예를 들어 '건너편 강기슭'의 하늘이 가장 많은 물기를 머금었을 것이다.

건너편 강기슭
20×28cm

강은 기다려주지 않는다
20×28cm

중력

수채화를 그릴 때 중력도 중요한 작용을 한다. 평평한 바닥에 종이를 놓고 수채화를 그리면 안료들은 고르게 균일한 속도로 퍼진다. 하지만 이젤에 세워놓고 종이가 기울어진 상태에서 그리면 물감은 아래쪽으로 흘러내린다. 또한 종이가 젖어서 휘거나 굴곡이 생기면 물감도 그 굴곡을 따라 흘러내리기 때문에 물의 양을 결정할 때 신중해야 한다.

물의 성질을 활용해 수직에 가까운 각도로 종이를 세워놓고 그릴 수도 있다. 젖은 안료는 아래쪽으로 흐르기 때문에, 칠한 부분의 위쪽은 빨리 건조되고 아래쪽은 흘러내린 안료가 모이게 된다. 이런 원리 때문에 한 번의 붓질이라도 중력에 따라 색조가 달라진다.

중력을 적절하게 잘 사용해보자. 이젤이나 화판을 기울여서 의도적으로 흐르게 해 색을 섞을 수도 있다.

두 개의 색을 웨트 인 웨트 기법으로 섞을 때 종이를 좌우로 움직이면 더 잘 섞인다.

하늘과 해바라기
40.5×51cm
하늘을 칠할 때는 이젤의 각도를 경사지게 세운 반면, 해바라기의 가운데 부분을 세피아 색으로 칠할 때는 종이를 거의 평평하게 놓아서 물감이 꽃잎 부분을 침범하지 않게 했다.

형태의 중심을 유지하는 것이 중요한 그림을 그릴 때는 종이나 보드를 평평하게 놓아 중력이 작용하지 않도록 해야 한다.

백런

물은 종이 위에 균등하게 퍼지는 성질이 있는데 어떤 이유에서 수분 분포가 불균등해지면 물은 많은 곳에서 적은 곳으로 흐르게 되고, 이에 따라 안료가 밀려나면서 패턴이 생기게 된다. 이 현상을 백런이라 한다. 수분 분포가 불균등해지는 것은 아직 축축한 물감 위에 붓으로 수분을 더할 경우, 또는 물기가 많은 물감칠에서 주변부와 중심부의 마르는 속도가 다를 때 나타난다. 백런은 화가가 그 효과를 계획하고 시도했다면 아름다운 결과를 기대할 수 있지만, 의도한 것이 아니라면 매우 짜증날 상황이다. 백런이 생기는 이유를 제대로 이해하면 백런을 오히려 활용할 수 있고 예기치 않은 결과를 피할 수 있다. 백런의 가장자리에는 종종 묘한 매력의 패턴이 생기는데, 의도적으로 만들 수 있는 것은 아니다. 때로 맘에 들지 않은 패턴이 만들어지기도 하지만, 지우기는 어렵다. 백런이 생기는 것이 싫다면, 물기가 남아 있는 부분에 마른 붓이나 종이타월을 대서 물을 흡수해버리면 된다. 이때 중요한 것은 마르고 있는 물감을 건드리지 않으면서 물을 흡수하게 하는 것이다. 종이타월 등으로 두드려 물기를 닦아내면 절대 안 된다. 사전에 물의 양을 조절하고 종이를 기울임으로써 백런이 어디까지 퍼지게 할지를 조절해야 한다.

▽ **콜리우르**Collioure **풍경**

20×28cm

그림자가 진 건물의 어두운 부분은 물기가 많은 안료로 칠을 했고, 건물의 아랫부분에 물이 몰리면서 모래사장 위에 백런이 만들어졌다. 의도한 대로 잘만 표현된다면 백런은 분명 매력적이지만 만약 실수로 만들어졌을 때는 완전히 마를 때까지 기다렸다가 나중에 보완하는 것이 좋다. 마르지 않은 상태에서 급한 마음으로 손을 대면 그림을 망치게 된다.

▷ **만개**

30×20cm

물기가 많고 안료가 풍부한 물감칠 위에 소금을 뿌려도 백런과 비슷한 효과를 만들 수 있다. 소금이 안료를 끌어당겨서 상대적으로 주변은 옅어지고 깃털 모양의 경계가 생기는 것이다.

노란색 부분이 젖어 있을 때
빨간색을 덧칠하면서 종이를 기울인다.

노란색이 아직 축축할 때
줄기 부분에 녹색을 칠한다.

웨트 인 웨트 기법으로
색 혼합하기

칠한 부분이 아직 축축한 상태일 때
물에 희석하지 않은 진한 농도의 색을
칠해 디테일을 묘사한다.

꽃의 중심부에 물기를 더하거나 반대로
희석되지 않은 물감을 더해 깊이를 표현한다.

다양한 표현을 동시에
활용해보자. 꽃의 가장자리는
칠하지 않고 종이의 흰 부분을
살려서 경쾌하게 표현하고,
나뭇잎의 녹색 부분과 붉은
꽃 부분은 물감이 부드럽게
섞이도록 한다.

화가의
또 다른 눈,
붓

3

수채화 물감의 투명성과 광채는 팔레트에서도 뚜렷하지만 그 색이 온전히 드러나는 것은 종이 위에 붓으로 칠해졌을 때다. 수채화를 그리기 위한 최상의 도구는 흑담비 털로 만들어진 붓이다. 수채화의 매력에 빠질수록 붓은 화가의 또 다른 눈이 될 것이며, 손의 움직임을 통해 화가의 영혼과 연결된다. 가장 아끼는 만년필을 대할 때처럼, 화가들은 자신의 붓에 애정이 각별하고 붓이 그들이 원하는 것을 잘 표현해줄 것이라고 굳게 믿게 된다.

달아나는 기린들
56×76cm
붓터치를 통해 적을 피해 도망가는 기린의 민첩한
움직임을 인상적으로 표현했다.

붓질의 방법

좋은 붓놀림의 목표는 붓터치와 물감칠뿐 아니라 수채화 전체에 의미를 불어넣는 것이다. 능숙한 붓질을 위해서는 좋은 붓이 필요하다. 흑담비 털로 만든 붓은 인조 털로 만든 것보다 훨씬 비싸지만 그만큼 가치가 있다. 흑담비 털에는 털올을 따라 아주 작은 미늘이 붙어 있다. 이 미늘은 털을 따라서, 또 털과 털 사이에 수분을 품게 함으로써 나일론 재질의 붓보다 훨씬 더 많은 안료를 머금을 수 있게 한다. 천연 털은 털 자체가 끝으로 갈수록 가늘어지기 때문에, 천연 털로 만든 붓은 아무리 크더라도 끝부분이 정교하고 뾰족하다. 이 때문에 천연 털로 만든 붓을 사용하면, 하나의 붓으로도 넓은 면적을 칠하거나 정교한 라인을 그리는 등 자유롭게 표현하면서 각각의 붓질에 의미를 부여할 수 있다.

흑담비 털 붓의 뾰족한 끝부분을 먼저 종이에 대고, 붓에 압력을 가하면서 잎의 넓은 부분을 그린다. 마지막으로 붓을 떼면서 살짝 비틀면, 털의 탄성으로 붓은 다음 터치를 위해 본래의 모양으로 돌아가게 된다.

얼룩덜룩한 잎사귀는 먼저 칠한 부분이 젖은 상태에서 붓질을 더해 그린 것이다.

44

한 번의 붓질로 표현하기 어려운 넓은
잎은 붓질을 이어 붙이면 된다.

종이에 물감 칠하기

인조 털보다 흑담비 털로 만든 붓이 종이에 물감을 칠할 때 제어하기 쉽다. 천연 털은 젖은 안
료를 머금고 있다가 압력이 가해졌을 때에만 안료를 풀어놓는다. 인조 털로 만든 붓에 물감을
묻힌 후 종이 위에 붓끝이 향하도록 수직으로 들고 있어보자. 물감이 중력에 의해 털을 따라
흘러내려 결국 종이 위로 떨어질 것이다. 흑담비 털로 만든 붓에 같은 물감을 묻혀 동일한 방
식으로 들고 있으면, 물감이 붓의 몸체에 머물러 있을 뿐 아래로 떨어지지 않는다. 흑담비 털로
만든 붓은 붓을 털거나 종이에 대고 누를 때만 물감이 흘러나온다. 따라서 붓을 누르는 압력
만 잘 조절하면 물감의 흐름을 원하는 대로 조절할 수 있다. 그래서 하나의 붓으로 다양한 표
현이 가능하게 되는 것이다. 이를 연습해보려면, 한 가지 색만 묻힌 붓을 종이에 완전히 누르면
서 칠을 하다가 서서히 들어올려보면 된다.

붓질의 모양 만들기

어떤 방식으로 붓질을 하느냐가 수채화를 잘 그리는 데 결정적인 역할을 한다. 팔레트에서 물감을 묻힐 때 붓을 돌리거나 구부려 붓의 윗부분과 끝의 모양을 잡는다. 붓은 손가락으로 가볍게 쥔다. 채색을 할 때는 엄지와 검지 사이에 붓을 두고 붓을 굴리면서 칠하는데, 손가락 사이의 붓을 끊임없이 굴려 종이에 닿는 붓의 각도에 변화를 줘야 한다. 붓을 수직으로 종이에 대기도 하고, 기울이기도 하고, 앞뒤로 움직여보기도 하는 것이다. 한 번의 붓질로 정확한 형태를 만들려면 붓의 뾰족한 끝과 몸통 부분을 같이 사용해야 한다. 중요한 것은, 무의미하게 붓으로 찍어대거나 반복해서 흔적을 남기지 않는 것이다.

한 번의 붓질로 다양한 형태를 그리기 위해서는 붓을 자유자재로 사용할 수 있을 정도의 능숙함이 손에 배도록 연습해야 한다. 가늘고 정교한 선을 그릴 때는 붓 끝을 사용하고, 넓은 면을 칠할 때는 붓의 몸통을 눌러서 사용한다든지 하는 방법들을 익힌다. 넓은 면의 형태를 그릴 때는 윤곽선을 그린 후 그 안을 칠하기 보다는, 넓은 면을 칠하고 그것들을 붙이는 것이 좋다.

46

성큼 다가온 가을
35.5×53cm
나뭇가지에 달린 나뭇잎들은 얼핏 닮아 보이지만
저마다 달려 있는 각도가 다르고 형태도 다양하다.
손 안에서 붓을 돌리고 기울여보면서 이런 다양성
을 붓질로 표현해보자.

붓 크기의 중요성

수채화는 붓질의 횟수가 적을수록 더 산뜻하고 경쾌해진다. 그러자면 그리고자 하는 이미지의 크기를 염두에 두고 본인이 조절할 수 있는 가장 큰 크기의 붓을 사용하는 것이 좋다. 흑담비 털 재질의 둥근 붓의 경우 12~16 사이즈를 사용하면 이보다 작은 6 사이즈의 붓을 사용할 때보다 붓질을 덜 하고도 쉽사리 깨끗하게 칠할 수 있다. 둥근 흑담비 털 붓이 너무 비싸다면 덜 비싼 납작붓이나 빗자루처럼 생긴 몹Mop 형 붓이 넓은 면적을 빨리 그리고 효과적으로 칠하는 데 좋다.

특히 커다란 납작붓은 다양한 용도로 사용할 수 있다. 깔끔한 직선의 가장자리를 그릴 때 좋고, 매력적으로 중간중간 끊긴 배경 칠을 하는 데도 유용하다. 납작붓의 가장자리를 사용하면 역동적인 선을 그릴 수 있고, 둥근 붓보다 물기를 적게 머금기 때문에 조절하기도 훨씬 수월하다. 수채화에서는 붓을 종이에 대는 횟수가 적을수록 더 좋은 그림이 나온다는 걸 명심하자. 50번의 붓질만으로 그림을 완성해야 된다고 가정해보면, 화가는 칠할 때마다 몇 번 칠했는지 헤아리게 되고 붓질을 더 신중히 하게 될 것이다.

다가오는 코끼리
36×28cm
코끼리의 특성을 큰 사이즈의 붓(12 사이즈의 둥근 흑담비 털 붓과 25밀리미터 폭의 납작붓)을 사용해 잘 잡아냈다. 아주 적은 붓질만으로 완성되었지만, 코끼리의 에너지가 느껴진다.

6 또는 8 사이즈의 둥근 흑담비 털 붓은 왼쪽 그림 정도 크기의 이미지를 그리기에 가장 적당하다.

붓 자국의 가장자리

그림의 모든 흔적이 모여 전체 이미지를 만든다. 붓 자국의 가장자리와 물감 칠의 경계 부분은 생동감을 풍부하게 표현할 수 있는 곳이다. 매끈한 종이에 물기를 머금은 붓질을 하면 깔끔한 가장자리가 만들어지고, 거친 종이에 물기가 없는 마른 붓질을 하면 불규칙한 개성이 만들어진다. 수채화는 이런 다양함으로 보는 사람의 눈을 즐겁게 해준다. 물감을 칠할 때 붓의 끝부분과 머리 부분에 압력을 다르게 가해서 차이를 만들어보자. 표면이 울퉁불퉁하고 거친 질감의 종이에 물감 칠을 해보면, 튀어나온 부분은 물감이 칠해지고 파인 부분은 칠해지지 않기 때문에 이런 효과가 더욱 두드러진다.

펭귄의 몸체를 덮고 있는 부드러우면서도 가장자리가 불규칙한 칠은, 붓을 예각으로 잡고 붓의 몸통보다는 끝부분에 힘을 주면서 칠한 것이다.

드라이 브러시

물기나 물감을 적게 묻힌 붓, 즉 '드라이 브러시'는 종이 위에 거칠거칠하지만 기분 좋은 분절된 붓 자국을 남긴다. 하얀 종이 위에 단독으로 사용하든 또는 밑칠이 마른 후 그 위에 사용해 밑칠이 군데군데 반짝거리듯이 보이게 하든, 드라이 브러시는 어떤 방식으로든 아름다운 효과를 만들어낸다. 그렇다고 드라이 브러시가 이름 그대로 완전히 마른 붓이나 마른 물감만을 사용하는 것은 아니다. 물감을 적게 묻힌 붓을 종이에 가볍게 문질러주면, 압력이 덜 가해지므로 상대적으로 적은 물감이 종이에 칠해지는 것이다. 종이가 거칠수록 붓자국은 더욱 분절되어 거칠게 표현된다.

나란히 떠 있는 배
18×28cm
거친 종이에 마른 붓질로 물감칠이 부서지게 그림으로써 물의 반짝임을 완벽하게 표현했다.

넓은 면적에 얇게 칠하기

한 가지 색이나 서서히 변하는 색을 넓은 면적에 얇게 칠하는 것은 수채화에서 가장 흥분되는 작업이다. 가능하면 넓은 붓을 써서 한 방향으로 재빨리 쓸듯 칠해야 한다. 안료 입자들이 고르게 퍼지면서 즉시 종이에 자리를 잡아 깨끗하고 투명한 칠이 만들어진다. 이처럼 고르면서 투명하고 얇은 칠을 하려면 몇 번의 붓질을 이어 붙이거나 겹쳐 칠하면 된다. 위에서 아래로 칠하게 되더라도 가장 농축된 색에서 시작하여 가장 얇은 색으로 마무리해야 한다. 일단 한번 칠했으면 다시 손대지 말고 그대로 내버려두자.

두 가지 색이 혼합된 칠
넓은 붓으로 칠하면 색을 섞기 쉽다. 완벽한 칠을 위해서는 한 방향으로 재빨리 붓을 쓸어야 한다.

여러 가지 색이 혼합된 칠
여러 가지 색을 순차적으로 섞이게 칠했다. 칠할 색을 팔레트에서 준비하고 젖은 칠에 인접하여 바로 칠하면 경계 부분이 자연스러워진다.

점진적으로 옅어지는 하늘

맑은 하늘을 점진적으로 옅어지게 칠했다. 진한 농도에서 시작해서 점차 희석된 물감으로 붓질한다.

얼룩덜룩한 칠

얼룩덜룩한 칠은 몇 개의 색으로 만들어진다. 가장 옅은 색을 먼저 사용하고, 다음에 웨트 인 웨트 기법으로 조금씩 어두운 색상을 사용한다.

칠의 경계

칠의 경계를 잘 마무리하는 것은 매우 중요하다. 언덕의 아랫부분을 거친 붓질로 마무리하면 깔끔한 선으로 표현하는 것보다 재미있는 경계선이 만들어진다.

한번 칠한 것은 일단 그대로 내버려두자

종이에 물감을 칠하는 것은 언제나 기분 좋은 일이다. 그래서 한번 칠한 곳에 자꾸만 덧칠을 하고 싶어지는 것이다. 그러나 대부분의 경우 덧칠을 하면 그림은 더 나빠지기 십상이다. 같은 곳에 계속 붓질을 하면 안료가 종이에 자연스레 고착되지 못하게 되고, 결과적으로 물감의 투명함도 놓치게 된다.

수채화 물감은 포용력이 뛰어나기 때문에 때로는 이런 문제를 비켜갈 수도 있다. 그러나 마른 물감칠 위에 색을 묽게 덧칠하면 안료 입자 결을 망가뜨려서 진흙탕 같은 끔찍한 색이 만들어진다는 것을 유념하자.

일단 붓질을 하는 순간 화가가 할 일은 끝났다고 생각해야 한다. 나머지는 물감에 맡겨두면 화가의 붓에서 나온 색은 스스로 반짝이며 신선하게 다가올 것이다.

두 번의 포착(아프리카의 석양)
12.5×18cm
석양의 하늘을 칠하는 데는 단 몇 초밖에 걸리지 않는다. 그러나 칠이 마르는 데 시간이 걸리고 화가는 그동안 덧칠을 하고 싶은 유혹을 느끼게 마련이다. 이럴 때는 괜히 처음 칠한 것을 망치느니 여분의 도화지를 준비해서 새 그림을 그리도록 하자.

어떤 순간
46×66cm
어떤 물감들은 종이 위에서 거칠어지는 특성이 있
어서 자연스러운 질감을 만들어내기도 한다. 그런
물감은 마를 때까지 내버려두면 경쾌한 느낌의 녹
슨 듯한 질감을 드러낸다. 이 그림의 경우 배경과
인물의 머리, 셔츠 등에서 로 엄버 물감의 작은 입
자들을 볼 수 있다.

아침의 선명한 노란빛
35.5×46cm
예비 스케치 상태에서 여러가지 색을 칠하기 전에
미리 배경에 물을 적셨는데, 이렇게 하면 어두운
색이 자연스럽게 어우러지고 붓질의 경계가 생기
지 않는다.

◁ **베네치아의 황혼**
25×20cm
옅은 노란빛의 하늘을 칠하기 전에 종이에 물기를
발라두면, 구름의 어두운 부분을 칠할 때까지도 종
이가 충분히 축축한 상태로 있게 된다.

도화지 적시기

넓은 면적을 칠할 때 미리 종이에 물기를 살짝 묻혀두면 물감의 흐름이 유연해지고 붓질이 부
드럽게 합쳐진다. 종이를 적실 때는 사용할 물의 양이 칠해질 물감을 더 희석시킬 것이라는 사
실을 염두에 두고, 어느 정도의 물기가 적절할지 신경을 써야 한다.

칠을 하기 전에 종이를 적셔두면 붓 자국의 가장자리를 부드럽게 만들 수 있다. 붓 자국의 가
장자리 경계가 아예 사라지길 원한다면 물감이 종이 위에서 흐를 정도로 충분히 적셔야 한다
(물감이 종이 위에서 움직이는 것을 볼 수 있을 정도로). 물감이 젖은 부분의 가장자리로 퍼져가면
종이를 기울여 원하는 자리로 돌아가게 하면 된다. 물감을 칠하고 나면 젖은 부분을 더 넓히려
고 하지 말자. 추가로 물을 더하면 물은 먼저 칠한 물감이 있는 쪽으로 흘러가 물감이 균일하
게 퍼지는 것을 망가뜨린다.

처음 칠한 것이 가장 신선하다

수채화의 여러 매력 중 단연 으뜸은 직접적이고 즉각적이라는 특성이다. 가능한 한 최소한의 수단으로 가장 신속하게 원하는 것을 표현하겠다는 목표를 정하자. 충분한 시간을 갖되 서두르지 말고, 흔들리지도 말아야 한다. 미묘한 색깔과 변화무쌍한 색조를 지닌 하나의 물감 층이 수채화의 매력적인 빛을 만드는 원천이기에, 화가는 모든 에너지를 한 번의 붓질, 한 번의 물감칠, 한 번의 작업에 쏟아야 한다. 팔레트에서 물감을 알맞은 농도, 색조, 톤으로 제대로 섞어놔야 비로소 칠할 준비가 되었다고 할 수 있다. 하나의 물감층으로 산뜻하게 수채화를 그리는 가장 빠르고 확실한 방법은 웨트 인 웨트 기법을 사용하는 것이다. 처음 붓질을 한 부분이 젖은 상태일 때 그보다 어두운 톤이나 다른 색상을 더하면, 하나의 물감층 안에서 자연스럽게 색이 섞이게 된다.

▷ **머리를 딸은 소녀**
40.5×30cm
웨트 인 웨트 기법을 써서 소녀를 그린 이 그림은 거의 하나의 묽은 라이트 레드Light Red 물감층만으로 완성되었는데, 미묘하면서도 극적인 색깔과 색조의 변화가 더해져 신선한 느낌으로 가득하다.

신선한 웨트 인 웨트 기법에서 나타나는 색의 혼합은 있는 그대로의 매력을 발산한다.

빛을 강조하기 위해서는 종이의 일부분에 붓터치를 하지 말고 그대로 남겨두자.

다양한 붓질 시도해보기

형태를 만들 때는 붓의 끝과 몸통 부분을 모두 사용하자.

동적인 느낌을 강조하고 싶으면 붓을 신속하게 움직여야 한다.

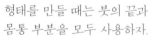

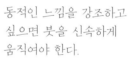

색을 칠하지 않고 흰 종이로 남겨둔
하이라이트 부분은 붓질 사이에 숨 쉬는
공간을 만들어준다.

그림자를 섞어서 인물과
사물을 연결하자.

가능한 한 적은 횟수의 붓질로 그림을 그려야 한다.

색조와 분위기

잘 그린 구상화는 색조를 어떻게 연출하느냐와 밀접한 관련이 있다. 심장을 뛰게 하는 것은 색깔이지만, 마음을 끄는 것은 색조다. 색조는 형태, 공간, 깊이를 표현하는 그림의 언어다. 빛과 그림자의 균형은 2차원의 종이 위에 마치 3차원의 세계가 존재하는 것 같은 착각을 불러일으키고 보는 이를 화가의 세계로 초대한다.

수채화 물감의 색깔은 너무나 매혹적이어서 종종 초보자들은 색깔에만 신경쓰느라 색조의 중요성을 간과한다. 시작 단계에서 색조의 중요성을 인지하지 못하면 수채화를 그리는 전체 과정에서 멋진 경험 또한 놓칠 것이 분명하다.

교황의 문, 피엔차
40.5×51cm
각진 형태의 표면을 다양한 색조로 그려냄으로써 3차원의 형태를 효과적으로 표현해냈다.

색조

색조는 색의 옅음이나 진함을 나타내고, 대상이 받는 빛의 상대적인 양을 보여준다. 어두운 색조는 대상이 그늘 속에 있음을 알려주고 밝은 색조는 빛에 드러나 있음을 보여준다. 구상화에서는 밝은 것, 어두운 것, 중간 것 같은 색조의 균형으로 흥미로운 구도가 만들어지기도 한다. 색상은 색깔과 색조로 이루어진다. 물감의 실제 색을 색깔이라 하고, 창백함에서 어두움에 이르는 그늘을 색조라고 한다. 어두운 색깔이 빛을 받을 때나 또는 밝은 빛깔이 그늘 속에 있을 때 종종 혼동이 일어나기도 한다. 특별히 색깔 자체가 강할 경우에는 색깔이 결정적인 것으로 보이는데, 이렇게 되면 그림에서 색조의 역할이 애매해진다.

선체 양면의 밝은 색조, 그 아래 어두운 색조, 물 부분의 중간 색조 등, 세 가지 색조만으로 스케치함으로써 보트를 단순하게 그렸다.

색조의 균형이 잘 유지된 상태에서 그 위에 색을 더하자 색깔의 범위가 점점 확대되었다.

색조 파악하기

대상을 관찰할 때는 밝음에서 어두움까지 대상이 갖고 있는 색조의 범위를 살펴봐야 한다. 그림에서 색조는 언제나 절대적인 것이 아니라 상대적인 것이다. 때문에 '더 어둡다'거나 '더 밝다'의 관점에서 생각하게 된다. 흰색이 가장 밝은 색도 아니요, 검은색이 가장 어두운 색이 아닐 수도 있다는 것을 명심하자. 색조의 정도는 주변 색조와 그림 전체의 색조를 고려해서 결정해야 한다.

대상의 색조를 판단하는 가장 쉬운 방법은 색깔이 약해지고 명암이 확실해질 때까지 눈을 조여보는 것이다. 이 같은 시각적 분해는 수채화를 그릴 때 알아둬야 할 정보의 열쇠가 된다. 하이라이트와 어둠은 남아 있지만 어떤 부분의 비슷한 색조는 통합되고, 꼭 필요하지 않은 사소한 것은 사라지거나 흐릿해진다. 대상을 세 가지 색조로, 즉 하이라이트, 어두운 색조, 중간 색조로 단순화시키도록 노력하자.

나의 아버지
46×30cm
색조는 흑백의 세계에서 보다 선명하게 드러난다. 이 그림에서는 얼굴을 단색으로 그림으로써 보는 이의 시선을 여러 색에 분산시키지 않고 온전히 색조에만 집중하게 했다.

빛을 받고 있는 누드
76×56cm
서서히 어두워지는 색조의 조화가 우아한 누드의
형태를 부드럽게 만들어준다. 페일 옐로 오커를
밑색으로 칠하고 번트 시에나를 덧칠해 따뜻한 중
간 색조부터 어두운 색조까지 표현했고, 연보라색
으로 시원한 느낌을 주었다.

단계적인 색조 표현하기

수채화 물감은 물을 섞어서 쉽게 사용할 수 있고 안료의 투명성이 뛰어나기 때문에 팔레트나 종이 위에서 밝음에서 어두움에 이르는 다양한 색조를 쉽게 만들 수 있다.

옅은 색조의 색을 제일 밑에 깔아서 그림의 대략적인 구도를 잡고, 하이라이트 부분은 색을 칠하지 않은 흰 상태로 남겨둠으로써 빛을 표현한다. 이후에 중간 색조를 칠하고 마지막으로 가장 어두운 색조를 칠한다. 수채화는 투명함이라는 특성 덕분에 어떤 순서로든 여러 번 겹쳐서 칠할 수 있다는 것이 장점이다. 이는 환경에 따라 적절한 방법이 사용될 수 있다는 의미이기도 하다. 예를 들어 화창한 날 야외에서 작업할 경우, 그림자 부분은 처음부터 바로 투명한 푸른색이나 보라색으로 칠하기도 하고, 아니면 맨 마지막 단계에서 칠하거나, 또는 웨트 인 웨트 기법으로 그림자를 드리우는 대상과 물감이 섞이게 해서 한 개의 물감 층으로만 표현할 수도 있다.

뿌옇게 일어나는 먼지

10×15cm

노란색, 빨간색, 파란색을 섞음으로써 각 색깔이 본래 갖고 있는 색조를 훨씬 더 다양한 색조로 늘려서 덩치 큰 코끼리의 형태를 표현했다. 세 가지 색이 서로 섞이면서 보다 생동감 있는 회색이 만들어졌다.

디테일은 포기하라

대상의 색조를 파악하기 위해 눈을 반쯤 감고 바라볼 때 구분이 잘 안 되는 디테일들은 대부분 그리지 않아도 되는 것들이다. 그림을 보는 사람에게 모든 것을 알려줄 필요는 없다. 우리는 이미 세상이 어떻게 생겼는지 알고 있지만, 화가가 새롭게 그린 그림은 본 적이 없다. 화가의 시각, 화가의 해석은 호소력을 발휘한다. 화가가 수채화를 어떻게 활용하는지가 궁금한 것이다. 그림을 그릴 때 어디에 초점을 맞출지를 정하고 거기에 화가의 에너지를 집중하고, 그림의 나머지 부분들은 그 중심을 받쳐주는 것이 되게 해야 한다. 전체적인 색조의 균형을 유지하기 위해서 중심과 상관없는 디테일은 과감히 포기하자.

아프리카 잠베지의 원주민촌
18×30cm
이 풍경에는 실제로 목조 기둥, 지붕 지지대, 덤불, 기타 사소한 요소들이 훨씬 많았다. 그러나 아프리카 원주민의 일상을 환기시키기 위해 중요한 것은 중심이 되는 빛과 그늘이다.

어둠에 묻히게 하거나 대조적으로 표현하기

색조를 단순화한다는 것은 비슷한 색조를 하나로 합쳐서 그리는 걸 의미한다. 특히 그림자나 어두움을 표현할 때 더욱 그렇다. 그리고, 이 방법은 놀라울 정도의 신비로운 분위기를 만들어 낸다.

어둠 속에 있는 부분들을 서로 녹아들게 해서 형태의 구분이 흐려지게 하자. 강조할 필요가 있는 어둠 속의 형태나 선을 표현하기 위해서는 보다 농축된 물감을 웨트 인 웨트 기법으로 칠하면 된다. 이 방법을 사용하면 전체적인 색조를 바꾸지 않고 디테일한 부분을 잘 표현할 수 있다. 명암의 대비에 의해 만들어진 하이라이트에 의해 또렷한 윤곽선이 만들어지고, 디테일은 어둠 속으로 녹아들거나 극도로 밝은 빛에 의해 탈색된다. 하이라이트 역시 여러 사물들을 나타내는 형태들 사이에서 연결되어 표현될 수 있다.

반 고흐의 해바라기와 세잔의 테이블
20×28cm
빛을 받은 해바라기의 형태는 어두운 배경에 대비되어 또렷한 경계를 만들어내고 있는 반면, 빛으로부터 떨어져 있는 꽃은 배경색에 묻혀 사라지고 있다.

배경을 중간 색조로 칠해 측면에서 빛을 받아 생긴 인물들의 하이라이트와 그림자가 잘 표현되었다. 살짝 어둡게 칠해진 벽은 인물의 어두운 부분과 자연스럽게 섞이면서 인물이 배경과 서로 겉돌지 않게 했고, 인물들에서 교차하면서 표현된 명암이 매력적으로 돋보인다.

색조의 교차

크든 작든 다양성은 수채화에서 중요한 요소다. 밝은 색조와 어두운 색조의 상대적 대조는 수채화의 생명력이다. 그린 수채화가 칙칙해 보인다면 그림 전체에 다양한 색조가 충분히 표현되어 있는지를 가장 먼저 점검해야 한다. 그림에서 어두운 색조와 밝은 색조가 서로 적절히 교차하는지, 또 붓질 안에서도 어느 정도 색조의 변화가 있는지 확인해보자.

색조의 교차는 보기에도 시선을 잡아끌 뿐 아니라 그림에 깊이를 더해준다. 어두운 물체 앞에 밝은 색조의 물체를 배치하면, 보는 이는 어떤 대상이 다른 것 앞에 있다는 것을 확실히 인식하게 되고, 그럼으로써 그 공간으로 빠져들게 된다. 색조의 강렬한 대비와 풍부한 범위는 그림에 공간감을 불어넣으면서 3차원적인 느낌을 강화한다.

멀리 있는 인물은 밝은 배경에 대비되어 짙은 색조로, 가까이 있는 인물은 짙은 나무를 배경으로 밝은 색조로 표현했다.

대담해지라

수채화의 자연스러움은 거침없는 붓질에서 비롯된다. 그러므로 물감을 채색할 때 처음부터 적
절한 색조로 가능한 한 빨리 칠하는 것이 좋다. 이미 칠한 곳에 같은 계열의 옅은 색을 덧칠해
색조를 어둡게 만들려고 하면, 결과적으로 색이 강해지기보다 칙칙해진다. 어두운 색 칠하는
것을 두려워하지 말고 과감하게 사용하자. 아름답게 칠했는데 그림의 구도가 전체적으로 약해
서 붓질을 더해야 하는 상황은 정말이지 가슴 아픈 일이다. 한 번 덧칠하고 나면 수채화의 즉
흥적인 시각적 매력은 사라지고 지독한 후회의 감정이 스며들기 시작한다. 이런 상황이 되면,
확신은 없어지고 실패했다는 느낌만 남는다. 대담하게 칠한다고 늘 성공하는 건 아니지만, 강
한 색을 사용하고 과감하게 붓질을 하면 자신감이 생기는 심리적 효과를 얻을 수 있다.

바위에 기어오르기
20×25cm
대담함은 그림에 신선함과 생동감을 불어넣는다.
어두운 색조의 바위는 번트 엄버와 울트라마린 블
루를 섞은 매우 어두운 색을 연결해서 칠했다.

각 면의 일반화된 색조(밝은 색조, 중간 색조, 어두운 색조)를 찾기 위해 각진 형태를 단순화했다.

색조를 통한 형태와 공간 표현하기

둥근 형태에서는 색조를 밝은 것에서부터 어두운 것으로 점진적으로 변화시켜야한다.

밝은 색조의 바위 뒤를 어두운 색조로 처리함으로써 앞에 있는 바위와 뒤에 있는 바위 사이의 공간적인 깊이를 보여준다.

상대적인 색조를 관찰하자. 바위는 중간 색조의 푸른 하늘에 비하면 밝지만, 하늘의 흰 부분에 비하면 어둡게 보인다.

그늘진 부분의 색조는 통합하고, 빛이 비치는 부분은 하이라이트로 표현한다.

빛의 마법 5

수채화는 빛을 묘사하는 데 탁월한 매체이다. 수채화 용지는 아주 옅은 노란 기운이 도는 흰색으로, 붓이 닿지 않은 순수한 종이 부분의 광채는 빛을 표현하기에 완벽하다. 엄밀히 말하면 빛으로 표현하고 싶은 부분을 칠하지 않고 종이 그대로 남기는 것이기 때문에, 빛을 그린다는 것은 사실상 불가능하다. 수채화에서는 오직 빛 주변의 그림자와 어두운 부분을 칠함으로써 빛을 시각화할 수 있다.

베네치아, 산 마르코 광장의 그늘
30×40.5cm
흰 종이와 수채화 물감의 투명한 색감은 빛의 효과를 탁월하게 담아낸다.

모자의 윗부분과 구부린 등의 흰 하이라이트는 붓이 닿지 않은 백지 상태로, 비리디언Viridian으로 칠한 주변과의 사이에 의도적인 틈을 만들어준다.

종이의 여백 남겨두기

종이의 흰 부분은 수채화에서 가장 밝은 하이라이트를 제공한다. 따라서 하이라이트로 표현하고 싶은 부분은 붓질이 닿지 않도록 온전하게 보호해야 한다. 간단한 스케치나 단순한 구도를 그릴 때는 그 공간을 손대지 않고 남겨두기만 하면 되지만, 보다 복잡한 구도에서는 치밀한 계획이 필요하다. 붓질을 하기에 앞서 연필로 붓질을 할 곳과 하지 말아야 할 곳을 표시해두면 편리하다. 이 표시는 나중에 지울 수 있을 정도로 살짝 그려야 하는데, 부드러운 2B 연필이나 짙은 흑연이 적절하다. 지우개로 지우면 종이의 본래 표면이 상하게 되므로 가능하면 지우지 않는 것을 목표로 해야 하는데, 꼭 필요할 경우 퍼티지우개(부드러운 재료로 만들어진 것으로 흑연이나 목탄 입자들을 흡착하는 작용을 함)를 사용하는 것이 좋다. 물론 필요에 따라 수채화에 연필 자국이 보이도록 남겨둬도 좋지만, 그 위에 물감이 더해지면 지워지지 않는다는 것을 유념해야 한다.

해질녘 운하
15×35.5cm
이 풍경에서는 하이라이트 부분이 많아 어느 부분을 흰 여백으로 남겨둬야 할지를 미리 연필로 표시했다.

빛의 자유로운 형태

가장 생동감 넘치는 수채화는 하이라이트의 형태를 둘러싼 붓질의 경계에서 거침과 부드러움이 대비될 때 탄생한다. 연필 선을 너무 조심스럽게 따라 칠하려고 하지 말자. 빛의 형태는 정확하지 않아도 된다. 모호함과 다양성이 수채화의 가장 큰 자산이고, 빛의 기발한 형태가 종종 그림에서 가장 빛나는 부분이 되곤 한다.

맨발의 질주
38×56cm
옷에 흰 여백으로 남겨진 하이라이트 부분이 매우 명확한데, 이것은 붓을 신속하게 놀려야 가능한 일이다. 정형적이지 않은 하이라이트의 형태는 옷 속에 감춰진 아이들의 움직임까지 생생히 전달한다.

빛의 방향

빛의 방향에 일관성을 유지하는 것은 매우 중요하다. 특히 야외에서 그림을 그릴 때 이점을 더 신경써야 하는데, 지구의 움직임에 따라 빛의 방향이 바뀌고 그림자의 움직임도 변하기 때문이다. 사진은 어느 한순간을 포착한 것이기 때문에 사진을 찍고 이를 참고해 작업하면 빛의 일관성을 유지하는 데 도움이 된다. 그러나 만약 여러 장의 스케치나 사진을 종합해서 하나의 그림을 그리는 경우라면, 빛의 조화를 잘 유지해야 한다. 낮 시간에는 햇빛이 사물의 윗면을 비춘다. 하지만 아침과 늦은 오후에는 빛이 보다 낮은 각도에서 사물의 측면까지도 비추게 된다. 그러므로 빛의 방향을 항상 염두에 두어야 한다. 종이의 흰 부분으로 표현되는 하이라이트는 대상이 되는 물체에서 가장 빛을 많이 받는 부분이어야 한다. 만약 실수로 그림자가 드리워지거나 사물의 밑면을 칠하지 않고 남겨졌다면, 그 그림에서 빛은 논리적 일관성을 잃게 된다.

여러 개의 하이라이트 표현

하이라이트가 많은 복잡한 그림에서는 하이라이트를 표현할 종이의 흰 부분에 물감이 묻지 않도록 하기 위해 마스킹 액masking fluid이라는 라텍스 용액을 사용하기도 한다. 이 라텍스 용액은 공처럼 둥글게 모이려는 경향이 있어서 사용할 때 주의가 필요하다. 하지만 라텍스 용액을 발라두면 걱정 없이 종이 위에 붓질을 할 수 있기 때문에 붓 터치에 자신감이 생기고 자유분방함이 깃들게 된다. 마스킹 액은 색이 없거나 아주 옅은 것을 사용하는 것이 좋다. 어두운 마스킹 액을 사용할 경우 하이라이트 주변을 칠할 때 명암을 맞추기가 어려울 수 있기 때문이다.

◁ **거리의 예술**
30×25cm
대상의 뒤에서 빛이 비치는 것을 '역광contre jour'이라고 한다. 앞 페이지의 그림에서 역광은 빛과 그림자라는 흥미로운 패턴을 만들어낸다.

바다의 주먹, 희망봉
25×35.5cm
왼쪽 그림에서 하이라이트로 표현된, 바위에 부딪혀 부서지는 물보라는 마스킹 액을 거친 솔로 흩뿌려 보존한 종이의 흰 부분이다. 마스킹 액은 그림의 마지막 디테일을 완성하기 전에 살살 문질러 벗겨내면 된다.

콘트라스트

하이라이트 부분과 주변의 어두운 부분 간의 콘트라스트가 클수록 하이라이트는 더욱 돋보이게 된다. 여기서 다시 한번 과감해질 필요가 있다. 하이라이트 주변을 칠할 때 처음부터 맞는 톤으로 칠해야 여러 번 덧칠하느라 경계선이 여러 개 생기는 것을 막을 수 있다. 한 번의 붓 터치로 만들어진 고르지 않은 경계선이 여러 번 덧칠해 생긴 경계선보다 훨씬 매력적이다.

옅게 물든 빛

빛은 광원의 빛깔에 따라 색조가 달라진다. 지는 태양은 풍경을 금빛으로 물들이고, 떠오르는 태양은 장밋빛 광채를 발산한다. 빛은 흰 종이로 남겨진 하이라이트 위에 묽게 희석한 윤기 있는 색조를 칠해 표현할 수도 있고, 다른 색을 칠하기 전에 옅은 밑색을 칠해서 표현할 수도 있다. 투명한 속성의 색상이 불투명한 색상보다 훨씬 더 빛난다. 예를 들면 금빛 태양을 표현하기 위해서는 카드뮴 옐로보다는 인디언 옐로를 사용하는 것이 좋고, 보다 부드러운 색감을 표현하기 위해서는 옐로 오커나 코발트 블루 같은 반투명한 색상을 사용하는 것이 효과적이다.

◁ **빛 속에서 목욕하는 여인**
25×20cm
광채가 도는 그늘과 밝은 하이라이트가 서로 잘 어울려 강렬한 빛을 만들어낸다.

거울 위로 미끄러지다
23×28cm
밑색으로 깔린 옅은 로 엄버는 건물을 따뜻한 빛으로 물들이고, 조금 진하게 덧칠한 로 엄버는 물과 하늘을 연결해준다.

흰색 물감

흰색 물감은 그림 속의 작은 하이라이트를 표현하는 데 쓰인다. 그리고 붓을 씻는 물이 탁해지지 않도록 맨 마지막에 사용해야 한다. 흰색 물감은 광도를 부드럽게 낮추는 데도 도움을 준다. 흰색 물감은 흰 종이만큼 밝을 수는 없지만, 하이라이트의 작은 부분이나 가는 선, 빛의 얼룩 등을 표현하는 데 효과적이고, 동시에 까다로운 디테일들을 표현할 때도 유용하다. 이런 용도로 가장 많이 쓰이는 것이 차이니스 화이트Chinese White인데, 반투명으로 살짝 푸른 기가 도는 흰색이다. 이 물감은 지나치게 선명한 색을 일부러 칙칙하게 만들고 싶을 때 섞어쓰면 좋다. 티타늄 화이트Titanium White는 완전히 불투명한 물감으로, 차이니스 화이트보다 밑색을 가리는 커버링covering 효과가 뛰어나다.

피어오르는 연기
10×10cm
담배에서 피어오르는 연기를 농도에 변화를 준 차이니스 화이트로 표현했다.

붉은 스웨터를 입은 소년
20×28cm
그림에 있는 분수와 나무 몸통에서 보듯이, 하이라이트를 복원하기 위해 티타늄 화이트를 사용하기도 한다.

불투명 물감

모든 불투명 안료는 탁월한 커버링 효과를 갖고 있다. 이는 농축된 형태로 사용하면 밑에 깔린 색을 완전히 가려 안 보이게 만들 수 있다는 의미다. 예를 들어 나뭇잎을 그릴 때처럼 어두컴컴한 면에 색이 들어간 하이라이트를 표현하기 위해 사용할 수 있는데, 튜브나 팔레트의 물감을 곧바로 쓴다. 따뜻한 하이라이트를 표현할 때는 카드뮴 옐로와 카드뮴 오렌지를 사용하고, 찬 느낌의 하이라이트에는 레몬 옐로나 세룰리언 블루가 효과적이다.

투명한 색상의 물감에 흰색을 섞으면 자기만의 불투명한 색상을 만들 수 있다. 하이라이트를 빛나게 하고 싶을 때에는 완전히 마른 흰색 물감 위에 글레이즈를 입히면 된다. 마치 흰 종이에 엷게 색을 칠하듯이 말이다.

구름 속의 예언자
30×35.5cm
폭풍우를 머금은 돌풍 아래에 카드뮴 옐로와 레몬 옐로를 섞어 덧칠해 하이라이트를 줌으로써, 들판을 어둡게만 칠했을 땐 없었던 으스스한 노란 빛을 강조했다.

달이 밝게 빛나기 위해서는
주위에 어둠이 있어야 한다.

햇빛을 따라 가라.
햇빛은 아침엔 크리켓 선수들의 한
쪽 측면에 떨어지고…

빛 탐색하기

오후에는 다른 쪽으로 떨어진다.

붓이 닿지 않은 작은 마름모
형태의 흰 부분이 둥근 형태의
사과에 하이라이트를 표현한다.

반사된 빛이 발코니의
그늘을 물들이고 있다.

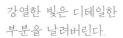

강열한 빛은 디테일한
부분을 날려버린다.

수정의
기술

6

수채화의 최고 매력은 생생함과 신속성이다. 그러나 이 장점은 막상 그림을 그리다보면 지켜내기가 쉽지 않아서 수채화는 다루기 힘들다고 생각할 수 있다. 하지만 어떤 것은 수정이 가능하고 어떤 것은 불가능한지를 이해하고 나면 수채화가 생각보다 훨씬 그리기 편하다는 사실을 인정하게 될 것이다. 망쳤다고 생각한 그림도 잘 수정하면 성공적인 작품으로 만들 수 있다. 무엇 때문에 문제가 생겼는지, 그리고 무엇이 문제가 아닌지를 아는 것이 그림을 수정할지 말지를 결정하는 핵심이다. 수채화의 매력은 그리고자 하는 내용보다는 보이는 외형에 있다. 따라서 대상을 정확히 그려내는 것보다 어떻게 보일까에 대해 더 고민을 해야 한다.

폭풍 속에서 말 달리기
35.5×51cm
젖은 해변에 떨어지는 빛을 표현하기 위해 흰 종이가 보이도록 물감을 긁어냈다.

생생함의 중요성

수채화 물감의 효과는 최초로 한 붓질의 투명함에서 나온다. 수채화 물감은 억지로 표현하려고 하면 할수록 이를 거부한다. 옆의 그림에서, 물감이 섞인 부분이 수채화의 본질이다. 물감을 칠하고 종이에서 멋대로 흐르도록 내버려두면 색끼리 자연스럽게 섞이는데, 이것은 수채화의 고유한 특성이다. 바꿔 말하면 물감이 섞이는 걸 통제하기 어렵다는 것이다.

반면, 그림에서 색조의 변화나 생동감을 주는 작은 부분들은 그림을 망치지 않으면서 보다 쉽게 만질 수 있다. 그림을 그리는 동안 세세한 부분의 묘사까지 너무 신경쓸 필요는 없다. 잘못되더라도 나중에 수정하면 된다. 하지만 옅게 칠하면서 물감이 섞이는 것에는 제법 신경을 써야 한다. 그리고 무엇보다 중요한 것은, 대상을 보이는 대로 그리느라 수채화의 아름다운 흐름을 망쳐서는 안 된다는 것이다.

△ 이 스케치는 몇 번의 붓질만으로 생생하고 신속하게 그린 것인데, 풍경을 정확하게 묘사하려고 손을 많이 댔을 때보다 훨씬 더 매력적으로 보인다.

▽ 의도하지 않은 백련 현상이 재미있는 비구름의 형상을 만들어 냈다. 억지로 무엇을 그리려 하기보다 내버려두면 훨씬 좋은 결과를 얻을 수 있다.

시선 분산의 기술

초기에 밝은 색조로 밑칠을 하면서 실수하거나 빠트린 것이 있다고 해도 별 문제가 안 된다. 어두운 색조를 칠하면 시선은 자연스레 옅은 색조로부터 분산된다. 제대로 칠해지지 않은 하늘도 걱정할 필요가 없다. 손대거나 고치려 하지 말고 그대로 남겨두는 편이 낫다. 손을 댈수록 오히려 그 부분이 시선을 끌게 된다. 만일 그림을 다 그리고 나서도 신경쓰였던 부분이 계속 눈에 거슬린다면, 그 부분을 닦아내거나 불투명한 물감을 칠해 가려버리면 된다. 또 그 주변에 어두운 색으로 무언가를 그려넣는 등 악센트를 주는 것도 눈에 거슬리는 부분으로부터 시선을 분산시킬 수 있는 간단한 방법이다.

이 같은 노력도 실패했다면 작품에 기발한 제목을 붙여 감상자들의 관심을 뭔가 철학적 사고로 유도하거나 당신이 원하는 방향으로 이끌면 된다.

매우 단순한 스케치이지만, 수직으로 서 있는 갈대에 짙은 색 붓터치를 더하는 것만으로 시선을 배경에서 다른 곳으로 쉽게 분산시킬 수 있다.

손 댈 것인가, 놔둘 것인가

그림을 그린 사람의 눈에는 늘 실수나 미흡한 부분이 보이기 마련이다. 나는 불필요한 붓질이나 수정은 하지 않는다는 원칙을 갖고 있다. 수정하기 전에 그 부분이 정말 문제인지 다시 한번 확인해야 한다. 거울에 작품을 비춰보면 나름 공정하게 판단할 수 있다. 첫눈에 미심쩍어 보이는 부분에만 너무 신경쓰지 않도록 조심하자. 가끔은 동정적인 비평이 도움이 될 수도 있지만 제대로 판단을 하자면 시간을 두고 보는 것도 필요하다. 작품을 다시 봤을 때도 실수가 바로 눈에 들어온다면 생각해봐야겠지만, 이런 경우가 처음 있는 일이 아닐 테니 그대로 내버려두는 게 상책이다. 꼭 안 해도 될 수정을 하고 나면 결국 후회하게 된다.

문제인가, 기회인가

방금 붓질을 한 부분 중 불규칙하게 칠해진 곳은 그림을 끝낼 때까지 최대한 남겨두어야 한다. 붓질 속의 작은 틈이나 섞이지 않은 물감 덩어리는 나중에 손볼 수 있다. 그러니 물기가 마르는 동안 틈을 메운다거나 물감 덩어리를 억지로 떼어내려고 하지 말자. 그림을 그리기 시작하고 초반에 대강의 색칠을 한 경우, 짙은 색을 칠한 부분에서는 실수를 찾아내기 어렵다. 때때로 초반의 붓질에서는 엉망이라고 생각했던 것이 나중에 괜찮아 보이는 경우도 있다. 그러니 너무 성급하게 작품을 평가하지 말자. 만약 이미 붓질을 한 곳의 틈을 메워야 한다면 마지막에 색깔과 색조가 같은 물감을 섞어 조심스럽게 점을 찍는 식으로 해야 한다. 물감이 너무 많으면 붓끝으로 닦아내거나 차이니스 화이트 물감으로 교묘하게 감추면 된다.

들개들
35.5×99cm
맨 오른쪽에 있는 들개의 뒷다리는 처음에 잘못 그려서 다시 그린 것이다. 수정된 다리는 지워진 부분으로부터 시선을 분산시킴으로써 마치 들개가 앞으로 이동하는 것 같은 동적인 느낌을 준다.

물감 닦아내기

종이에 칠한 수채화 물감은 젖은 붓이나 스폰지로 닦아낼 수 있다. 많은 수채화 물감은 기본적으로 착색되는 특성이 있어서 닦아내도 종이 위에 가벼운 흔적을 남긴다. 그러나 사람의 시선은 밝은 색조에서 어두운 색조로 옮아가는 성향이 있으므로, 잘 닦아내면 눈에 거슬리는 색깔이나 색조를 개선할 수 있다. 울트라마린 블루나 번트 시에나 등은 착색되지 않는 물감이라 종이의 질이 좋다면 완벽하게 닦아낼 수 있다. 물감을 닦아낸 뒤 덧칠을 할 때는 최소한의 붓질로 부드럽게 칠해야 색이 섞이면서 탁해지는 것을 막을 수 있다. 부드럽고 가볍게 붓질을 해줘야 그림이 망가지지 않는다.

울트라마린 블루가 칠해진 부분은 스폰지로 닦아내면 쉽게 색깔을 없앨 수 있다.

번트 시에나나 울트라마린 블루가 칠해진 부분에 깨끗한 젖은 붓끝으로 지우듯이 나뭇가지를 그리면 자연스럽게 나무의 디테일을 표현할 수 있다.

쉽게 닦이는 색상인 울트라마린 블루를 알리자린 크림슨이나 번트 엄버와 섞어 포도의 검은색을 만든 후, 젖은 붓이나 키친타월로 물감을 살짝 찍어내면 포도 위의 빛이 생생하게 살아난다.

그림을 살려내는 불투명 물감

불투명 물감은 뛰어난 커버력을 갖고 있어서 잃어버린 빛을 복원하거나 지워낼 수 없는 짙은 어둠을 밝게 하는 데 쓰인다. 작은 붓에 차이니스 화이트를 묻혀 불규칙한 선을 그리면, 백런이 일어난 가장자리를 감쪽같이 숨길 수 있다. 적절한 색조를 만들어내자면 시간이 걸릴 수도 있지만, 그림의 나머지가 잘 되었다면 써볼 만한 방법이다. 흰색 물감은 마르면 생각보다 불투명함이 덜하다. 그래서 서너 번 시도해야 주변과 같은 색조로 맞출 수 있다. 그러니 수정을 시도할 때는 물감이 마를 때까지 충분히 기다려야 한다는 것을 잊지 말자.

형태를 잘못 그렸을 때도 작업의 마지막 단계에서 불투명 물감으로 잘못된 부분을 지우고 다시 그릴 수 있다. 특히 이 방법은 물로 지우면 주변도 함께 지워질 위험이 있을 경우에 사용하면 효과적이다. 만약 종이의 흰 바탕 위에 그려진 것이라면 농축 티타늄 화이트를 사용하면 쉽게 수정이 가능하다. 배경에 색이 칠해져 있다면 해당하는 불투명 물감을 사용하거나 적절히 섞어 쓰면 된다.

지그재그 빛
28×35.5cm
배경색을 칠하는 중에 사라져버린 야자수 잎의 하이라이트 부분을 복원하기 위해, 불투명 화이트와 카드뮴 옐로우를 튜브에서 짜내 바로 사용했다.

긁어내기

원래의 흰 종이 상태로 복원하는 방법 중 하나는 날카로운 면도칼로 표면을 긁어내는 것인데, 이 방법은 두꺼운 종이에서 효과적이다. 물감 얼룩은 완벽하게 제거되고 손대지 않은 종이 면이 드러날 것이다. 이 경우 종이가 찢어지지 않도록 완전히 건조시킨 후 긁어내야 한다. 표면을 긁어낸 부분은 수채화 용지에 코팅된 젤라틴 사이즈도 함께 떨어져나가 긁힌 압지처럼 되므로 젖은 물감을 칠하는 작업을 마친 후 이 방법을 사용해야 한다.

물을 튀기며 강을 건너는 코끼리
46×102cm
두꺼운 인도산 종이 카디khadi의 색칠된 표면을 날카로운 면도칼로 긁어내 코끼리의 다리 사이에서 튀는 물의 하이라이트를 효과적으로 표현했다.

크레용 사용법

수채화를 그리다보면 종종 잘못된 색조를 선택하곤 하는데, 그것을 바로잡는 일은 쉽지 않다. 원하는 색조를 만들어내겠다는 희망으로 반복해서 덧칠을 해보지만 그럴수록 색깔만 죽게 된다. 그럴 때 물감 대신 크레용을 사용할 수 있다. 원하는 색조의 크레용을 그림에 문질러서 기존의 색을 보완하는 것이다. 크레용 칠이 완벽하게 되어 수채화의 질감과 어울린다면, 그대로 두면 된다.

짙은 모서리나 윤곽을 표현할 때는 크레용뿐 아니라 부드러운 연필을 사용해도 좋다. 연필은 어울리지 않으면 지워버릴 수 있으므로 편리하다.

표범
56×76cm
독특한 무늬의 표범 다리 아랫부분에 엷은 어둠을 주기 위해 크레용을 사용했다.

끝까지 기다리자

실수를 고치겠다고 서두르면 안 된다. 여기서 소개하는 수정 방법의 대부분은 작업의 마지막 단계에서만 적용될 수 있는 것들이다. 이미 소개한 불투명 물감은 이후의 덧칠을 탁하게 할 수 있고, 칼로 긁어내는 것은 종이 표면을 얼룩지게 한다. 크레용으로 칠한 부분을 지우는 것 역시 표면에 흔적을 남긴다. 더구나 어떤 실수가 그림의 마지막 단계까지 계속 문제로 남을지 어떻게 알겠는가. 종이 표면을 온전하게 보존하는 것은 역동적인 붓터치나 매력적인 칠을 하는 데 매우 중요하다. 따라서 인내심을 갖고 수채화 물감을 믿자. 그리고 그림이 거의 완성되었다고 생각될 때, 그때 최종 평가를 하고 꼭 필요하다면 어떻게 수정할지를 판단하자.

움직이는 지하철
28×35.5cm
지하철 플랫폼의 오른쪽에 생긴 백런은 사람들의 모습을 그려 넣기 전에는 뭔가 대단히 잘못된 것으로 보였으나 그림을 완성하고 보니 더이상 문제가 되지 않았다.

96

회복 불능의 그림들

수채화에서 어떤 실수는 돌이킬 수 없는 것일 때가 있다. 칠을 너무 많이 해서 투명성을 잃었다면 선명하게 되돌리기 어렵다. 때로는 시간이 문제가 되기도 한다. 수채화 한 장을 그리는 데는 한두 시간이 걸리지만 바로잡는 데는 하루 종일 걸리기도 한다. 때로는 계속 그리는 것을 포기하고 새로 시작하는 게 나을 수도 있다. 시간보다는 종이를 낭비하는 게 답일 때도 있다. 그림의 아름다움이란 작물을 수확하는 것과 다르지 않다. 실패한 그림일지라도 부족한 부분을 잘라내고 좋은 부분을 보존해주면 나름대로 생명력을 회복한다. 비록 작은 부분이지만 큰 매력을 가질 수 있다는 사실 자체만으로 수채화는 멋진 것이다.

정원의 단편들
30×30cm
전체적으로는 실패한 그림이라도 종종 매력적인 부분들을 갖고 있는 경우가 있다. 그 부분들을 함께 묶어 놓으면 재미있는 이미지가 된다.

다양한 기법 탐구하기

포도의 검은색은 울트라마린 블루가 포함된 혼합 물감을
쓰면 된다. 젖은 붓으로 혼합 물감을 닦아내고 밝은 색조를
드러내주면 싱그러운 포도가 나타난다.

잘 번지는 색상 위에 불투명 색상을
칠해 밑색을 가리고 밀어내기 위해서는
밝은 색조의 꽃을 강조하면 된다. 보랏빛
제비꽃은 뒤로 밀리고 대신 카드뮴 옐로로
칠한 꽃이 보는 이의 시선을 사로잡는다.

날카로운 면도칼로 두꺼운 종이를 긁어낼 때는 표면을 과감하게 긁는 것이 좋다.
긁어낸 부분에서 큰 물방울이 어지럽게 튀는 것이 느껴진다.

단순함의 미학

7

수채화의 본질적 아름다움은 매체 그 자체에 있다. 장황한 설명을 듣기보다 직접 수채화를 그려보면 투명성이나 광채, 빛 등의 고유한 특성이 느껴질 것이다. 그리고자 하는 것을 정확히 인식하고 무엇이 문제인지 제대로 판단할 수 있다면, 물감을 어떻게 섞고 붓질을 어떤 방식으로 할 건지가 분명해진다.

수채화는 어렵고 매우 조심스러운 작업이다. 그러니 그럴수록 단순하게 접근하는 것이 좋다. 그러면 수채화가 보여줄 수 있는 모든 매력을 담은 그림을 그릴 수 있을 것이다.

신뢰의 고리
38×56cm
그림의 내용과 표현 기법이 단순할수록 그림의 의미가 보다 명확하게 드러난다.

초점을 어디에 둘 것인가

그림의 초점은 화가가 대상을 보았을 때 첫눈에 그리고 싶다는 충동을 느낀 그 무엇이다. 그것은 나무의 형태나 사람 또는 사물일 수 있고, 사물이나 풍경에 떨어지는 빛이나 대기 또는 분위기처럼 만질 수 없는 것일 수도 있다. 그림을 그리자면 시간이 많이 걸리기 때문에 그리다보면 처음에 생각했던 초점을 놓치기도 하고, 디테일에 너무 몰두하다 오히려 초점을 놓치기도 한다. 이를 방지하기 위해 처음 시작할 때 초점을 적어두는 것이 필요하다. 물론 그림을 그리는 중에 더 흥미로운 부분이 눈에 들어올 수 있고, 그렇다면 초점이 바뀔 수도 있다. 중요한 것은 무엇이 자신을 매혹시켰는지 알아야 한다는 것이다. 그래야 작업을 끝낸 후 그림이 제대로 되었는지 아닌지를 판단할 수 있는데, 이것이야말로 그림을 그릴 때 가장 어려운 것 중 하나이기도 하다.

흰색 위의 흰색
35.5×48cm
만약 그림을 그릴 수 있는 시간이 한 시간밖에 없는 상황이라면, 복잡한 풍경은 빼고 교회를 중심으로 해서 시선을 넓혀나가는 것이 좋다.

선택

사진작가는 구도의 중심에 카메라 렌즈의 초점을 맞추는 훈련을 한다. 이미지의 다른 부분은 피사계 심도에 따라 초점이 맞을 수도 있고 안 맞을 수도 있다. 구도에 도움이 되든 방해가 되든, 보이는 모든 것이 카메라에 기록된다. 정교한 카메라나 소프트웨어를 사용할 경우 조작도 가능하다. 반면, 화가는 구도를 강조하기 위해 중요도에 따라 시각을 조정하고 대상이나 물체 사이의 공간을 넓히거나 좁힐 수 있으며 관계없는 것은 과감히 생략할 수 있는 매우 유리한 입장에서 작업한다. 일상을 소재로 할 경우 수채화용 종이 크기에 맞게 실제 세계를 축소해야 하므로 이 같은 일련의 선택은 어쩔 수 없는 것이고, 빛의 변화로 시간의 제약도 받는다. 사진을 보고 그리다 보면 사진 속의 모든 것을 그림 속에 포함시키려 하는데, 과감하게 무엇을 남기고 뺄 것인지 결정해야 한다. 작품에 아무 도움이 되지 않는 사소한 세부까지 다 그린 이유를 물으면, 대개는 이렇게 변명한다. "거기에 그게 있었거든요."

피엔차
25×35.5cm
아래 그림의 포인트는 흰 파라솔 위의 빛이다. 점심 식사를 하는 사람들에 맞추어 의자나 테이블을 과감히 줄이고 심지어 파라솔도 하나 없앴다. 수채화는 얼마든지 변주가 가능하다.

결정하기

무엇이 문제이고 무엇을 뺄 것인지는 어떻게 판단하는가. 느낌이 잡히고 준비가 되면 색조나 색깔, 선, 형태 등에 대한 생각도 함께 떠올라 바로 그림을 시작하고 싶다는 충동이 일어난다. 중심 색조에 집중하고 시각을 단순하게 유지하면서 넣고 뺄 것을 선택하자. 하이라이트를 부각시키고 중간 색조는 하나로 묶고 그림자는 자연스레 주변과 섞이게 하고 불필요한 디테일은 제거하는 것 등도 고려해야 한다. 그림을 그리면서 디테일에 너무 빠지지 않도록 하자. 배경은 가능한 한 단순화하거나 평범하게 그려야 중심 대상물이 부각된다.

△ 이 그림의 소재가 된 실제 풍경은 많은 나무와 넘치는 빛, 큰 나뭇가지 등으로 매우 복잡하고 어지러웠다. 그러나 쭉 훑어본 후 원하는 구도에 따라 중심 빛과 그림자만 선택했다.

▽ **분수**
20×28cm
실제 광장은 많은 사람으로 붐볐지만, 분수가에 걸터앉은 한 사람만 그리기로 결정했다. 더 많은 사람을 그려넣으면 바닥의 얼룩얼룩한 그늘로부터 시선을 분산시킬 수 있다. 이 그림에서는 얼룩진 그늘이 최고의 매력 포인트다.

나만의 독창성

예술가가 된다는 것은 결국 내 호기심을 자극하는 것과 무엇을 그리고 싶은지에 달려있다. 조형예술가는 형태, 선, 색깔과 색조 등 회화의 형식적 요소를 지배하는 규칙을 의무적으로 따라야 한다. 이런 요소들은 당신의 의도를 드러내는 데 상당한 도움을 준다. 보이는 세상은 자신이 느끼는 것이지 누구의 것이 아니다. 그러니 오직 자신이 그리고 싶은 주제만 선택하면 된다. 수채화에 반드시 배경이 있어야 하는 것은 아니다. 하늘이 푸른색일 필요도 없고 다리에 발이 없어도 상관없다. 예술가에게 주어진 유일한 의무는 자신의 고유한 영감에 충실하는 것임을 일찍 깨달을수록 불필요한 나머지 것들을 자유롭게 제거할 수 있다.

수채화를 그리는 즐거움 중 하나는 작은 크기로도 신속하게 의미 있는 작품을 만들어낼 수 있다는 것이다. 이것이 또한 하나의 그림 속에서 모든 것을 표현해야 한다는 강박관념으로부터 해방시켜준다. 화가는 강조하고자 하는 부분만 바꿔도 같은 대상을 여러 번 반복해서 그릴 수 있다. 우리는 세계를 다시 창조할 수는 없지만 우리 스스로가 갖고 있는 세계에 대한 이미지는 재창조할 수 있다.

배움의 행진
23×30cm
이 작품은 나미비아에 사는 어린 학생들을 그린 연작 중 하나다. 줄지어 걷는 학생들의 모습에서 경쾌함을 느낄 수 있다.

한낮의 열기
46×23cm
빛과 그늘이 섞인 심플한 색조의 의상만으로도 길을 걷는 아프리카 소녀 위의 타는 듯한 열기를 생생하게 느낄 수 있다. 이 그림에는 디테일이 거의 없지만 전달하려는 의미는 뚜렷하다. 이것이 수채화의 힘이다.

간결할수록 더 아름답다

수채화는 그 자체로 충분히 아름다워서 과도하다 싶게 작업하면 오히려 장점을 잃게 된다. '적을수록 좋다'는 말이 이만큼 잘 들어맞는 경우도 없다. 물감의 투명성에 집중하고 맞추고자 하는 초점에 조화롭게 빛을 사용해야 한다. 복잡한 풍경일수록 구도를 간단하게 하는 것이 좋다. 그 자체로 좋은 구도를 갖춘 풍경 속에서 무언가를 선택하거나 그 풍경의 일부를 보는 법을 익히자. 그리고 더 단순화시키는 것이다. 자신의 그림을 속기의 한 형태로 생각하자. 적은 붓질로도 얼마나 많은 것을 표현할 수 있는지 알게 된다. 보는 이로 하여금 무엇인가의 존재를 확인하게 하는 데 얼마나 적은 물감이 사용되는지 놀랄 것이다. 과감하게 생각을 바꿔보자. 주제를 칠하기 위해 물감을 사용하는 것이 아니라, 물감을 칠하기 위해 주제를 이용한다고 생각해야 한다.

수채화는 적은 붓질로 많은 것을 표현할 수 있다. 위의 그림에서 새끼 얼룩말은 거의 드러나지 않지만 우리는 새끼 얼룩말이 어미의 보호 아래 숨어있다는 것을 알 수 있다.

누구나 몇 분 만에 정물의 주된
형태와 색조를 표현할 수 있다.

웨트 인 웨트 기법은 복잡한
움직임을 효과적으로 표현한다.

단순미 표현하기

단순미를 표현하기 위해서는
먼 거리에서 대상을 관찰해야 한다.

베네치아의 운하와 같은 복잡한 주제를
다루기 위해서는 중심이 되는 대상과
색조만 포함하는 것도 좋은 방법이다.

예술가적
안목

8

특별한 기술이 없어도 누구나 수채화를 시도해볼 수 있다. 완전 초보라도 미묘한 색의 혼합, 살아있는 듯한 붓질을 경험할 수 있고, 그린다는 행위 자체에서 큰 만족을 느낄 수 있다. 잠시라도 수채화 물감으로 그림을 그려본 사람이라면 수채화가 얼마나 도전할 만한 작업이며, 치밀한 생각과 계획을 요구하는지를 알게 될 것이다.

누구라도 색을 섞고 칠할 수 있다. 하지만 수채화를 잘 그리기 위해서는 최상의 퀄리티를 구현하기 위한 예술가적 안목을 키울 필요가 있다.

빈 자리
28×35.5cm
휴대용 의자는 그 자체보다 의자의 뼈대 사이에 있는 공간의 형태를 그림으로써 효과적이 되었다.

화가의 세계는 평면이다

회화는 3차원의 세계를 2차원으로 해석한 것이다. 아무리 정확하게 대상을 표현한다 해도 결코 대상 그 자체가 될 수는 없다. 그것은 결국 그림일 뿐이다. 다행히도 풍경을 실제 풍경처럼, 사람을 실제 인물처럼 그릴 필요는 없다. 중요한 것은 그림 같은 그림을 만드는 것이다. 화가는 자유롭게 3차원을 2차원으로 변환할 수 있고, 그렇게 하는 데서 쾌감을 얻는다.

구상화를 그릴 때 화가는 평평한 종이 위에 3차원이 존재한다는 것을 암시하기 위해 색조와 원근법을 사용한다. 그러나 이런 기법은 보는 이를 착각하게 만드는 도구일 뿐이며, 색칠한 면의 효과를 높이기 위해 조작될 수도 있다. 아무리 의미가 심오하고 내용이 풍부하더라도 회화란 형태, 색깔, 선, 색조와 회화의 기본 요소들에 의해 만들어지는 것이다. 화가는 원근법이나 콘트라스트, 크기 등을 이용해 물감으로 가공의 놀이를 하는 셈이다.

수많은 음표로 만들어진 음악이 조화롭게 연주되듯, 그림은 붓놀림으로 구성되고 그 안의 색깔은 조화로이 공존하다가 서로 뒤섞이기도 하고 덧씌워지기도 한다. 붓놀림이 적절할수록 더 빛나는 결과물이 탄생한다.

사막의 행렬
25×100cm
이동하는 야생동물의 그림은 원시인들의 동굴벽화를 연상시킨다. 우리는 늘 우리의 세계를 2차원으로 보여주고 싶은 욕구를 갖고 있다.

모든 것은 상대적이다

화가의 눈으로 세상을 보게 되면 형태, 색조, 선, 색깔 등 그림이 필요로 하는 요소들을 새삼스럽게 느끼게 되고, 그런 시각적 통찰을 통해 새로운 기쁨을 발견하게 된다. 모든 것은 오직 주변과의 관계 속에 존재할 뿐, 절대적인 색깔이나 색조란 존재하지 않는다. 서로가 주변에 영향을 주면서 전체로서의 이미지를 이룬다. 어떤 특징이나 대상을 따로따로 고려하기보다 그들 간의 관계를 볼 필요가 있다는 것이다. 이것이야말로 화가의 기쁨이고 영원히 마르지 않을 영감의 원천이다.

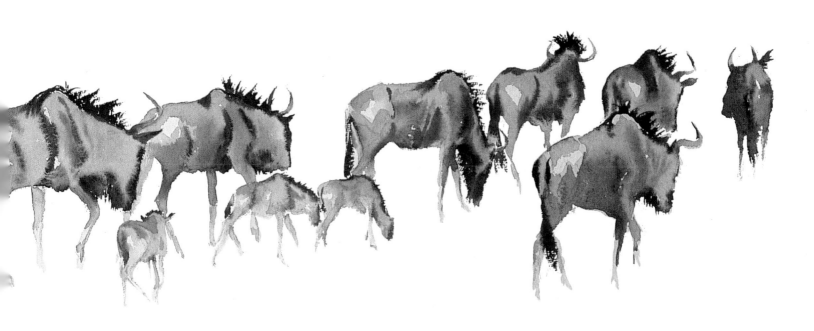

상대적인 명암

음악가가 음의 미묘한 차이에서 미세한 변화를 감지하는 것과 마찬가지로 화가도 풍경 위에 펼쳐진 색조의 끊임없는 변화에 주목한다. 수채화의 아름다움은 배합된 색깔의 자연스러운 계조階調와 중첩된 색의 동화同和가 무수한 색조를 창조해낸다는 데 있다. 화가는 색이 종이 위에서 구현되기 전에 제대로 인식할 수 있어야 한다. 눈으로 색조의 차이를 구별할 수 있도록 훈련하는 최선의 방법은 풍경을 조각내어 관찰하는 것이다. 어느 한 부분을 기준삼아 '보다 밝다, 보다 어둡다, 보다 덜 밝다' 식으로 미묘한 차이를 인식해보자. 어떤 색조가 주변보다 어둡거나 밝은지를 찾아내기 위해서는 눈을 열심히 훈련해야 한다. 눈을 반쯤 뜨고 보면 색조의 차이를 감별하는 데 도움이 된다. 비슷비슷한 색조를 구별해내기 위해서는 편광 선글라스를 쓰고 풍경을 보면 효과적이다. 그런 후 간단한 것부터 흰 종이에 옮겨 그리는 방법으로 실제 작업에 적용한다. 무수한 색조의 차이를 읽어낼 수 있다면 다음엔 색조를 '밝음, 중간, 어두움' 같이 상대적인 기준으로 묶어보자.

지중해의 기하학
20×28cm
건물의 면들이 사각형, 평행사변형, 사다리꼴 등 기본적인 기하학적 형태를 띤다. 비슷한 방향으로 서 있는 건물들은 서로 비슷한 빛을 받고 비슷한 색조를 보일 것이다.

서로 배경이 되는 빛과 어둠

멋진 구도는 콘트라스트나 상대적인 색조의 다양함에서 비롯된다. 눈은 지루한 것을 못 참는
다. 응접실에서 누군가를 오래 기다릴 때 똑같은 정면 대신 창문과 창틀이라도 더 보려고 시선
을 아래위로 움직이며 살피는 동작을 한다고 상상해보라. 창살은 밝은 하늘에 비해서는 어둡
지만 짙은 나무들보다는 밝다. 이처럼 우리는 모든 색조가 상대적임을 점차 깨닫게 된다. 창문
틀은 그 자체로서는 밝지도 어둡지도 않지만, 무엇과 비교되느냐에 따라 밝기도 어둡기도 하
다. 이 단순한 깨달음이 주변 색조를 어떻게 칠할 것인가를 배우는 것의 핵심이다. 배경은 전경
을 뒷받침해줄 때만 유용하다. 어떤 대상의 그늘진 면이 배경의 보다 밝은 색조에 대비되어 두
드러지게 보이고, 밝은 면은 주변의 보다 어두운 색조에 의해 확실하게 식별되는 것이다.

버스정류장
20×28cm
한 몸처럼 가까이 붙어 서있는 두 여성의 배경에
매력적인 색조를 교환 배치했다. 오른쪽 여성은 비
교적 어두운 색조의 노란색 풀과 대비되도록 밝게
처리했고, 왼쪽 여성은 밝은 풀에 대비되도록 어둡
게 칠했다.

대상 사이의 공간

화가는 형태와 색조를 통해 사물을 보는 법을 배운다. 대상 자체의 형태나 색조도 중요하지만 대상 사이의 공간이나 그 주변 역시 평평한 종이 위에 그려질 형태를 암시한다는 면에서 중요하다. 대상 사이의 공간을 눈여겨보는 것은 예술가로서의 시각을 익히는 좋은 방법이다. 의자나 테이블 같은 것을 관찰하고, 그것들의 다리나 가로대 사이의 공간을 물감으로 칠함으로써 의자나 테이블을 묘사해보자. 공원에 가서 줄지어 늘어선 나무 사이의 공간을 관찰하고 벤치에 앉거나 서서 얘기를 나누는 사람들 사이의 공간을 지켜보자. 성큼성큼 걷는 다리 사이의 삼각형 모양과 산책하는 걸음걸이의 무릎 아래 삼각형 모양을 비교 관찰하자. 몸과 구부러진 팔, 나뭇가지와 잎들 사이의 공간도 눈여겨보자. 사물들 사이의 공간을 관찰하는 데 많은 시간을 투자하고, 가능하다면 그때그때 그림으로 그려보자. 그림으로 그려보기 전에는 사물의 실제 형태가 어떤지 절대 알 수 없다. 이런 식의 관찰이 습관이 되면 3차원의 세계를 평면에 옮겨 표현하는 것이 매우 쉽다는 것을 알게 될 것이다.

오카방고 델타 Okavango Delta**의 백합**
20×28cm
백합의 벌어지고 있는 꽃잎들 사이의 삼각형 모양의 공간이 꽃의 형태를 만드는 데 얼마나 중요한가를 분명하게 알 수 있다.

적극적인 붓질과 여백

화가는 수채화 물감이라는 투명한 재료로 이미지를 만들어내기 위해 대상을 직접 칠할 것인가, 아니면 배경을 칠하고 대상은 여백으로 남겨둘 것인가를 선택해야 한다. 그 선택은 배경의 색조에 따라 좌우된다. 대상의 색조가 배경보다 짙을 경우 대상을 직접 칠함으로써 대상을 살아있게 한다. 반대로, 배경의 색조가 더 짙을 경우에는 대상에 해당되는 부분은 여백으로 남겨져야 한다. 즉, 표현 대상들 사이의 공간은 상대적인 배경 색조에 따라 직접 칠하거나 여백으로 표현된다.

그림 속 나무의 윗부분은 배경이 밝아 나뭇잎들을 직접 그렸고, 아래쪽은 배경이 어두워 나뭇잎들을 색칠하지 않은 여백의 형태로 표현했다.

117

관찰하기와 그리기

구상화에 필요한 시각적 정보는 화가의 영감에 있다. 사물을 관찰하는 능력을 키워야 한다는 의미다. 사물의 형태를 이미 다 알고 있다고 생각해서는 안 된다. 아래 작품에서와 같은 독특한 빛 속의 풍경을 본 적이 없지 않은가.

관찰력을 훈련할 수 있는 최상의 방법은 윤곽 그리기 연습을 하는 것이다. 종이에 눈길을 주지 않고 윤곽을 그리는 것인데, 처음에는 비논리적이라고 생각하겠지만, 종이에 표시하는 것 보다 실제의 대상에 집중할 때 대상을 훨씬 잘 그릴 수 있다는 사실에 놀라게 될 것이다. 오른손잡이라면 왼쪽에서 시작하는 것이 좋다. 그리고 대상의 윤곽을 완성하기 전에는 종이에서 연필을 떼지 마라. 연필을 떼는 순간 길도 잃고 느낌도 잃는다. 확신이 생기면 종이를 내려다보고, 연필이 제 위치에 있는지 확인해보자. 이런 과정을 거치면 더 복잡한 드로잉을 할 수 있게 된다.

그리고 곧 하나의 작품을 완성하기 위해서는 지속적으로 주제를 환기시켜야 한다는 걸 깨닫게 될 것이다. 수채화를 그리기 위해 색조나 색깔의 미묘한 차이를 느끼는 데 많은 시간을 쓸 수는 없다. 그렇기 때문에 필요한 더 많은 정보를 얻기 위해서는 주제를 더 많이 관찰해야 한다.

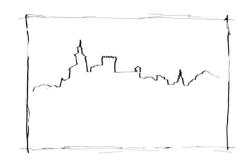

이 아비뇽의 윤곽은 종이를 보지 않은 채, 펜을 종이에서 떼지 않고 그린 것이다. 놀라울 정도로 정확하다.

아비뇽에 피어오르는 안개
28×35.5cm
도시의 스카이라인에 눈을 고정한 채 종이를 힐끗힐끗 내려다보며 예비 스케치도 없이 정확하게 아비뇽의 실루엣을 납작붓으로 그렸다.

선의 리듬

구도는 종이 위 그림의 디자인으로, 보통 선으로 표시된다. 선의 리듬은 그림에 균형감을 주고 시선을 그림의 초점으로 이끌어준다. 이런 목적을 가지고 대상을 관찰하면서 그림에 유용한 선을 찾되 도움이 되지 않는 선은 무시하자. 서서히, 풍경은 그 자체가 갖고 있는 선과 형태를 통해 그림의 구도에 영향을 준다는 사실을 깨닫게 될 것이다. 눈에 보이는 모든 것을 그릴 수 있다 해도 구도의 관점에서 특징이 없다면 아무리 좋은 풍경이라도 좋은 그림이 되기는 어렵다. 그림처럼 아름다운 풍경도 좋은 작품을 보장해 주지 않는다는 사실에 놀랄 필요는 없다.

시간의 이동
28×35.5cm
높이가 서로 다른 바위의 리듬과 빛과 그림자의 균형이 멋진 구도를 만들어준다.

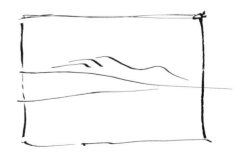

간단한 연필 스케치로 바다와 나란히 달리는 세 개의 심플한 선에서 구도의 리듬을 찾아냈다.

크리스털 아치
소금을 수채화에 사용했다. 소금은 같은 색깔이기를 거부하는 흥미로운 특성을 갖고 있다. 여러 가지 강렬한 색깔로 칠하고 아직 물감이 젖은 상태에서 소금을 뿌렸다. 종이가 완전히 마른 후 소금을 털어내고, 소금이 만들어낸 패턴을 살리기 위해 얼룩덜룩한 물감 위에 색조 차이가 나게 구조물을 그렸다.

색의 변화

상대적인 색조를 제대로 파악하는 것이 중요한 일이긴 하지만 색깔 자체에 집착할 필요는 없다. 색은 어떤 종류의 빛 아래에서도 변하기 때문에 정해진 색깔을 갖고 있는 사물은 없다. 사물의 색깔이 단색이라 해도 그림으로 그리면 빛을 받는 면과 그늘진 면의 색이 다르다. 모든 색은 상대적이며, 화가에게도 이 같은 색의 성향은 매우 중요하다. 색을 관찰할 때 주변이나 전체적인 관계 속에서 상대적인 색의 따뜻함이나 차가움을 볼 수 있도록 노력하자. 주제를 관찰할 때는 풍경 전체나 넓은 부분에 퍼진 색을 찾도록 하고, 어두운 색이지만 빛을 받거나 밝은 색인데도 그늘에 있는 경우에 주의해야 한다. 이런 것들이 수채화를 그리기 위해 연습해야 하는 것들이다. 예술가로서 관찰력을 키우는 데는 시간과 연습이 필요하다. 하지만 그 과정은 흥미롭고 보람있다.

집중하는 것의 희열

수채화는 여러 가지 고유의 특성을 지니고 있으며 그리는 데 결단력을 필요로 한다는 점에서 화가에게 완벽한 표현 매체다. 흰 종이를 마주하면 아드레날린이 솟구치고 절로 흥분이 되지만, 마음은 고요히 집중해 있고 육체는 잊혀진다. 그 순간 예술가는 살아 있다. 긴장을 풀자. 이것은 더없는 행복이다.

수채화는 예술이지만 종이 위에서 일어나는 것은 과학이다. 만약 이런 멋진 재료가 갖고 있는 장점을 활용하고 수채화에 자유를 부여할 수 있다면, 당신은 숙달된 예술가가 될 것이다. 무엇보다 중요한 것은 집중과 인내심이다. 계획을 세우고, 색을 혼합하고, 필요한 붓질을 하는 데 집중하자. 그러면 마법 같은 일이 일어날 것이다.

피엔차의 심장
35.5×51cm
색조는 서로 상대적이기도 하지만 그림 전체에 대해서도 상대적이다. 위의 그림에서 문은 가장 어두운 부분이지만, 실제 보이는 것처럼 진한 색으로 칠할 필요는 없다. 단지 그림 전체에서 다른 대상들보다 어둡게만 그리면 된다.

갤러리

색에 취하다
46×56cm

토스카나를 떠돌다
25×35.5cm

나른한 사자
43×43cm

바람을 나르는 여인
35.5×51cm

다음은 없다
35.5×51cm

종이 위의 마법, 수채화
세계적인 화가의 마스터클래스에서 배우는 핵심 기법

첫판 1쇄 펴낸날 2024년 4월 26일

지은이 | 헤이즐 손
옮긴이 | 방소연
펴낸이 | 박남주

펴낸곳 | 뮤진트리
출판등록 | 2007년 11월 28일 제2015-000059호
주소 | 서울시 마포구 토정로 135 (상수동) M빌딩
전화 | (02)2676-7117 팩스 | (02)2676-5261
E-mail | geist6@hanmail.net

ⓒ 뮤진트리, 2024

ISBN 979-11-6111-128-5 03860

＊잘못된 책은 교환해드립니다.